Under the Yggdrasill tree
ユグドラシルの
樹の下で 2
pai-chan
shichigo tsukimi
著 paiちゃん 皿 七語つきみ

PRESENTED BY pai-chan
ill. shichigo tsukimi
ジュリー
JULIE
セリウス
SERIUS

Under the Yggdrasill tree
アルト
(剣姫)
ALTO
ミーア
MIA
サーシャ
SASHA

ユグドラシルの
樹の下で
Under the Yggdrasill tree
2
pai-chan
著 paiちゃん
shichigo tsukimi
画 七語つきみ

Under the Yggdrasill tree

CONTENTS

イラスト:七語つきみ
デザイン:AFTERGLOW

Under the Yggdrasill tree

THE あらすじ STORY SO FAR

ネウサナトラム村の暮らし……。

ネコ族のハーフであるミーナちゃんを俺達の妹にして、ハンター暮らしを始めたのが、つい昨日のような気がする。

ハンターの最初の一年はほとんど薬草採取で過ごすらしいのだが、俺達は生活のためとはいえ少し獣の狩りを早まりすぎたのかも知れないな。でも、そんな俺達をミケランさんやグレイさん達が指導してくれたお陰で、それなりにハンターとしてのレベルを上げることができたし、虹色真珠を手にすることもできた。

気心の知れた連中の住む村で暮らすのも悪くはないけど、剣姫様に別荘を貰ったことで、俺達は山の奥にあるネウサナトラム村に移り住むことにした。

はてさて、どんな暮らしになるのか楽しみでもあるのだが、山には平地の森とは異なる獣達がいるはずだ。そんなことを考えると、嬉しそうに先を急ぐ姉貴達とは違って足取りが遅くなるのだが……。立ち止まって手招きしている二人を見ると、俺の取り越し苦労のようにも思える。

まあ、向こうに着けば分かることだ。そう考え直して、先を歩く二人に手を振ると、足を速めることにした。

ネウサナトラム村
周辺地図

1話

The 1st STORY

Under the Yggdrasill tree

ネウサナトラム村

慣れ親しんだマケトマム村を後にして、剣姫《けんひめ》様に頂いた別荘のあるネウサナトラム村に足を進めていた。すでに、初秋の誰も通らない街道を三日も歩き続けている。

途中の町で平地から山脈越えの峠に向かう街道へと進む道を変え、森を貫くように作られた街道で道標《みちしるべ》を見つけた。「この先、ネウサナトラム」の文字を頼りに、馬車一台分ほどの道幅を持つ横道を進む。

道は尾根を廻るように西へと続いている。尾根を二つ越えたところで、それが見えた。

青々とした秋空を水面に映した大きな湖とその南側に広がる家並み。

俺達が目指すネウサナトラム村だ。マケトマム村と比べると少し規模が小さいな。

そんな光景を眺めると、自然に互いの顔を見合わせて微笑みを浮かべる。

もう少しだ。期待感が俺達の歩みを速める。

村の入口で門番に止められたが、俺達がハンターだと分かると、すんなり通してくれたので、まずは村のギルドに向かう。

この村の家並みは、全てログハウスのようだ。道に沿って左右に綺麗に並んでいる。その中にある家二軒分ぐらいの大きな建物がギルドだった。

早速、中に入ってカウンターに向かう。

「こんにちは、チーム【ヨイマチ】のミズキ、アキト、ミーアです」

姉貴がそう言って、俺達のカードを受付のお姉さんに渡す。

「ようこそ、ネウサナトラムへ。確認しました。黒二つ、黒一つ、赤七つのチームですね。このギルドの黒レベルは一人なので助かります。……それと、その虹色真珠は本物ですよね？」

お姉さんは俺と姉貴のピアスを見て目を輝かせている。

「この書状を預かってきました。確認してください」

姉貴が剣姫様の書状をお姉さんに渡すと、その書状を読んでびっくりしたみたいだ。

「ちょっと、お待ちください。マスターをお呼びします！」

しばらくして、奥から老人が出てきた。俺達をゆっくりと眺めると書状を取り出す。

「御主《おぬし》達か？　この書状を持参したのは」

「はい。ある任務を請け負って、その報酬として剣姫様から頂きました」

「では、ワシが案内しよう」

老人の後について村の通りを西に進むと、右手に林が茂る場所に来た。傍《かたわ》らに一体の石の武人像が立っている。

「ここじゃ。鍵をその石像の口に入れなさい」

姉貴が言われるままに鍵を石像の口に差し込む。すると、鬱蒼《うっそう》とした林が割れて、石畳の小道が現れた。

「この先にある。留守にする時は再度石像に鍵を入れるのじゃ。黒二つで試練をこなすとはのう。この村の力になって欲しいものじゃ」

「私達もここで暮らしたいと思っています。いろいろと相談に乗ってください」

「ああ、良いとも」老人はそう言うとギルドに戻っていった。


俺達は別荘に向かう石畳の道を進む。大きく曲がった道を三十メートルほど進むと、小さな石造りの山小屋が見えた。屋根には石を積み上げた煙突が立っている。

これが別荘か！　別荘のすぐ脇には石畳のテラスが奥に広がっている。そっちに何があるか気になるが、まずは別荘の中だな。

ドアを開いて中に入った。

そこは大きなリビングになっていて正面には暖炉がある。その前には六人ぐらい座れるテーブルセットがあり、リビングの左右に部屋があるようだ。入口の扉の脇にはロフトに上る梯子《はしご》もあるぞ。

荷物をテーブルの上に置くと、早速中を探検しながら、これからの暮らしに必要なものを確認することにした。

この別荘は、八畳ほどの部屋が二つと十六畳ほどのリビング、それに八畳ほどのロフトでできている。それに風呂とトイレだ。

大きな暖炉はリビングのアクセントだし、テーブルの背中には簡単な流し台があった。暖炉の横に小さなカマドが付いていていたが、目障りにならないように暖炉の石積みで巧妙に隠されている。

「アキト。どうだった?」

「申し分なし、ロフトに布団を敷けば皆で寝られるよ」

「外に井戸があったわ。とっても素敵なとこよ。外に行ってご覧なさい」

姉貴の薦めで外に出て別荘の裏に回ると、そこは湖だった。

この土地は湖に張り出した土地のようだ。岸辺を四十メートル四方に石積を行って造成し、この別荘を建てたのだろう。

三方向が湖で村には南側の林で区切られている。その林だって、魔道を用いたカラクリで入口を閉ざしている。

なるほど、別荘なわけだ。俗世間と隔絶した生活を送ることができる。

庭の石積みから水面までは五十センチくらいあるな。この地方の気候はまだよく分からないけど、冬になり雪に閉ざされたら、ゆっくりとボートでも作ってみよう。

家に入ると、ミーアちゃんが暖炉に火を入れていた。

その時、ふとこの部屋が明るいことに気が付いた。部屋を見渡すと、暖炉の煙突の上の方に左右に丸窓がある。窓には透明な樹脂のようなものがガラスのように嵌《は》め込まれていた。

そういえば、この家って意外に涼しいな。湖からの風が流れ込んでいるみたいだ。さて、どこから来るのかと探してみると、部屋の四隅に鉄の格子が入った小さな扉があった。夏はこの扉を開いて風を入れるのだろう。そういえばロフトにも同じような扉があったような気がする。

ミーアちゃんが点けた暖炉の火でお湯を沸かす。暖炉にはスイングする鉄の吊り下げ金具がついており、その先のフックにポットをぶら下げれば焚き火の真上まで移動できる。結構便利な仕掛けだ。

そんな仕掛けを確認しながらお茶を淹《い》れると、テーブルについて必要な品物を三人で考え始めた。

「え～と。明日そろえるものは、布団とカーペットと食器類でいいのかな？」

「あと、鉈《なた》か斧《おの》も欲しいな。暖炉の焚き木を集めなくちゃならないし……」

「焚き木は家の西側に積んであるわ。でも、冬にどれだけ必要か分からないから集めることは必要ね」

「カーペットは暖炉の前に厚手のが欲しいな。寝転べるし、このテーブルにいるより楽なんじゃないかと思うんだ」

「分かった。それにクッションも必要ね。……ミーアちゃんは欲しいのある？」

「今は、にゃい」

「じゃあ、明日ギルドに出かけてこの辺の状況を聞きながら、お店を聞きましょう」

次の日の朝、家の外にある井戸からツルベで水を汲《く》み、バシャバシャと顔を洗う。

朝日が湖に当たってキラキラと輝いている。この土地は予想以上に湖に張り出しているみたいで日当たりも良いようだ。


「凄く良い所でしょう」

家に入ると姉貴が自分のことのように言う。

「ああ、気に入ったよ。今日は、ギルドからだね」

ミーアちゃんが固焼きの黒パンサンドとお茶を出してくれた。

「そうね。この辺りの状況とお店を教えてもらえばいいと思う。依頼をこなすのは、まだ先でいいわ。当面の生活費は確保してるから」


朝食を済ませて、ギルドに出かける。

家を出て林の中の石畳を歩くと村の通りに出た。姉貴が石像の口に鍵を差し込むと、林が閉じていく。

密集した木々は容易に人を寄せ付けない。十分な保安機能だと思うけど、普通ここまでするかな?

通りをギルドまで歩いてると数人の村人にすれ違った。「おはようございます！」と挨拶を交わす。

村人とは長い付き合いになるはずだ。第一印象は大事だと思う。

ギルドに入ると、見たことのあるハンターがホールのテーブルでお茶を飲んでいた。

向こうも、こちらに気付いたらしく、立ち上がってこちらにやってきた。

「お久しぶりですね。もう、忘れたかもしれませんがキャサリンです」

「ほんとにしばらくですね。あれから三か月近くになりますか……」

「もう、一人前のハンターですね。……ところで、それは本物ですよね？」

キャサリンさんが俺達のピアスを確認する。

「ええ、試練に通りました。皆さん驚いてましたけど」

その答えにキャサリンさんが驚いてる。

「ところで、座って話しませんか。いろいろと教えて欲しいこともあるんです」

キャサリンさんが座っていたテーブルに移動すると、姉貴とキャサリンさんが話を始める。

キャサリンさんの話によると、キャサリンさんの実家がこの村ということだ。村に滞在しているハンターは三人で、キャサリンさん以外に赤八つと赤六つの男女のハンターがいるらしい。

「ハンターが少ないということは、あまり問題がないということですか？」

「そんなことはありません。皆、ある程度レベルが上がると町に行ってしまうのです。ここでは私が筆頭ハンターとなっていますが、対応できない依頼も多いんです。そんな依頼は町のギルドに送ってますが、距離があって報酬も少ないので、依頼を受けてくれる人が少ないんです」

それは、問題だと思うぞ。依頼を出してそれが解決されなければ村人は困ることになる。だけど、ハンター側にしてみれば、必ずしも人道支援が目的ではない。遠くて報酬が低ければ、ここまで来て依頼を処理するようなことはしないだろう。

「それに、ここの冬は長くて、その間は依頼も少なくなります。この村に家を持たないハンターは暮らしていけないのです」

「その点、私達はだいじょうぶよ。この村に家を頂いたの。それで、この辺りの状況と買い物のためのお店を教えてもらいに来たのよ」

「ちょっと、待ってください。……この村に誰も住んでいない家なんてありませんよ！」

キャサリンさんは驚いて大声を上げた。

「一軒だけあったのよ。誰も知らない秘密の場所にね。……ところで、もし暇だったらお店を案内してくれない？　帰りに私達の家に案内するわ」

「何を買うの？」

「お布団三組と、厚手のカーペットに食器類。それに斧が欲しいの」

「難しい注文ね。この村のお店は雑貨屋さんだけだから、無い物は町に注文することになるわ」

そう言って、キャサリンさんが立ち上がる。俺達も席を立って雑貨屋に出かけた。

　雑貨屋は俺達の家に戻る途中にあった。マケトマムの村よりも大きな店構えだ。他に店がないため扱う商品も多くなってしまうのだろう。

「「こんにちは」」と俺達は店に入る。

「はーい！」と元気な声が奥から聞えて、カウンターにミーアちゃんよりちょっと年上の女の子がやってきた。

　早速姉貴が欲しい品物を告げると、女の子は首を振り出した。

「待ってください。順番にお願いします。まずは、お布団とカーペットですけど……町に注文しなければなりません。そうですね、一週間ほどかかると思いますよ。食器はこちらにあります。それと、斧はあちらの棚です」

「食品類はないのかな？」

「ライ麦粉と塩はあります。野菜類は『二』の付く日に村人が南の広場で市を開きますから、そこで購入なされてはどうでしょうか？」

　ということで、布団とカーペットを町に依頼して、後で取りに来ることになった。食器類と斧等は、新たに購入した背負いカゴの中に入れ俺が背負うことになった。

　買い物を終えると、約束通りキャサリンさんを家に招待する。

　林の傍の通りにある石像の口に鍵を入れる。林が左右に分かれて石畳の道が現れたのを見てキャサリンさんは目を丸くしていた。

曲がった道を進んで石造りの別荘に案内する。ドアを開けて中に招き入れると、早速ミーアちゃんがお茶の準備を始めた。


「素敵な家ですね。私の家はこの先にあるんですけど、ここにこんな家があるなんて思ってもみませんでした」

「庭に出るともっと驚くわよ。後で見てみるといいわ。……ところで、ギルドで依頼がたくさんあるようなことを言っていたけど、私達もすぐに活動した方がいいのかしら?」

テーブルに四人で座りながら姉貴はこれからのことを話し始める。

「できれば、明日からでもお願いします。それで、厚かましいお願いですけど……、私に一人預けて頂けると助かるんですが」

「キャサリンさんは、どちらかと言えば支援型のハンターなんだよね」

「はい。他の二人のハンターはレベルに応じた依頼をしていますので問題ありません。でも私一人では、どうしても採取系の依頼に偏《かたよ》ってしまいます。ある程度柔軟に依頼を処理できるチームが二つできると思うのですが……」

「冬前まででいいですよね。アキト、キャサリンさんと行動しなさい!」

ちょっと一方的だが、ここは従った方が良さそうだ。

「十分です。冬はこの村は雪に閉ざされてしまいます。その前に緊急性のあるものから処理したいと思っています」

「……にゃんか、キャサリンさんてギルドの人みたいだね」

じっと姉貴達の会話を聞いていたミーアちゃんがボソリと呟く。

確かに、ハンターが気にするような話ではない。ハンターは自分にあった依頼を、淡々とこなしていけばいいはずだよな。

「そうですね。ちょっとギルド側の視点で話してました。でも、ここは私の故郷なんです。村人は皆顔見知り、そんな村人が困っているなら、力になってあげたいじゃないですか。それに、ギルドのカウンターで働いているのは私の妹なんです。いろいろと困りごとを聞かされてますので、そんな考え方になってしまったのかもしれませんね」

キャサリンさんは俯《うつむ》きながら話してくれた。

「でも、それは大事なことだと思いますよ。存分にアキトを使ってください」

「ありがとうございます」とキャサリンさんは丁寧に俺達に礼を言って、この家を後にした。もっとも、裏庭からの湖の眺めに、「うわぁ～！」と感動してたけど……。

「さて、明日からは私とミーアちゃん。アキトとキャサリンさんの変則チームで活動するからね。私達はのんびり近場の依頼をこなすけど、アキトはキャサリンさんが選んだ依頼に口出ししちゃダメよ。そして、全力でやりなさい」

テーブルについたとたんに、姉貴に言い聞かされた。

ミーアちゃんが食事の支度をしているから、その間に装備を整えよう。

たぶん、日帰りの依頼になるだろう。シェラカップと携帯燃料、それに予備の食料を少し。念のために、タグ討伐《とうばつ》に使った爆裂球をポーチに入れておく。これで、明日の朝にお弁当を受け取って、水筒の水を補給すれば準備完了だ。


次の日。朝食を終えて適当にお弁当を包むと、三人でギルドに出かける。

「姉さん達はどんな依頼を受けるの？」

「そうね……、ミーアちゃんと協力してできる依頼がいいな」

そんな会話をしながらギルドに入ると、キャサリンさんが待っていた。

「今日はよろしくお願いしますね」

「こちらこそ、よろしく！」

レベルは同じでも、キャサリンさんの方が先任だ。ここは全てを任せた方が良いに決まってる。

依頼掲示板を確認する。三人しかハンターがいないのに依頼書はいっぱい貼ってある。

姉貴達も依頼書を探し始めた。ときどき、図鑑を見ながらミーアちゃんと話し合ってるぞ。

「あの……。この依頼書なんですけど」

一枚の依頼書を依頼板から外してキャサリンさんが持ってきた。

何々……、フェイズ草十五本以上求む。報酬：２００Ｌ。十五本以上については、一本10Ｌで引取可。

「フェイズ草は、風邪の特効薬なんです。冬にこの村では流行しやすいので今のうちに確保したいんだと思います。問題は、その薬草がグライトの谷にのみ群生していることなんです」

呟くような声で俺を見上げる。

「グライトの谷は、カルキュルの営巣地です。クルキュルほど大きくはありませんが、赤レベルのハンターには危険な相手です。……何とかなりませんか？」

キャサリンさん。そんなお願いモードで俺に頼むのは止めてください。

姉貴には「キャサリンさんの言うとおりにしなさい」って言われてるからな。

「いいですよ。二人でなら何とかなるでしょう」

俺達はカウンターに依頼書を持っていく。

カウンターのお姉さんは、依頼書にドン！　とハンコを押してくれた。これで依頼成立となる。

「お姉ちゃん頑張って！」

「任せなさい。今日は、強力な助っ人がいるから！」

ん？　キャサリンさんの口調がちょっと変わったぞ。そういえばギルドに妹がいるって言ってたな。

姉貴の方を見てみると、何か良い依頼を見つけたようだ。にこにこしながらカウンターに近づいてきた。

「結局、今日の依頼は何にしたの？」

「ラッピナ狩りにしたわ。前に経験してるし、ミーアちゃんのレベル上げにも丁度良いしね。それに、畑の作物を荒らされて困ってるみたいなの」

ラッピナといえばシチューだ。宿のおばさんの作ったシチューが頭の中でリフレインしてくる。

「アキトの方は？」

「風邪の特効薬採取だ。でも、小型のクルキュルがいるみたいなんだ」

「油断しないこと。そして躊躇《ちゅうちょ》しないこと。キャサリンさんもいるんだからね！」

「分かったよ」

姉貴もカウンターで依頼書にハンコを押してもらって契約成立だ。

四人でギルドを後に、村の通りを歩いていく。

俺達の家の入口を過ぎて少し歩くと、三叉路がある。村を南に下る通りだ。

「じゃぁ、私達はこっちに行くから、頑張ってね！」

姉貴とミーアちゃんは俺達に手を振りながら緩やかな坂道を下りていった。

俺達も手を振って姉貴達を見送る。

「ラッピナは罠《わな》を使うんですが、ミズキさん達は持ってませんでした。だいじょうぶなんでしょうか？」

「マケトマムではラッピナ狩りの記録を塗り替えてましたよ。だいじょうぶです。俺達も先を急ぎましょう」

村の通りをどんどん西に歩いていく。

「ここが、私の家です。母と妹の三人暮らしなんですよ」

キャサリンさんの指差した家は小さなログハウスだった。ほとんど村外れに位置している。

家並みが途絶えると通りが右に折れて北に向かって続いていた。

村の北門に到着すると門番さんが俺に声を掛ける。

「キャサリンじゃないか。今日は二人なんだな。トレイル山にグライザムを見たものがいるそうだ。そっちに行くのなら注意しなよ」

「ありがとうございます。今日はグライトまでですから心配ないと思います」

「なら、安心だな。……兄ちゃん。キャサリンを頼んだぞ！」

「任せとけ！」と言うと門番さんが笑ってる。成り立てのハンターだと思ったらしいな。

門を出ると、山に向かって緩やかに登る道が続いている。リオン湖の縁を周るように俺達は、山《やま》裾《すそ》の森に入っていった。

二時間ほど歩き続けて最初の休憩に入る。小道の傍に大岩がポツンとある場所は村人も休憩場所として利用しているみたいで、焚き火の跡もある。

家一軒ほどもある岩の上に登ると、リオン湖とその南側にあるネウサナトラム村が良く見える。

俺達の家は見えないかなと探したが、よく分からなかった。

「グライトの谷って、まだ遠いんですか？」

「丁度半分くらいですね。この先の森を抜けて、南に尾根を周るようにリオン湖の東に出ると、大きな谷に出ます。そこが、昔にグライトさんが見つけた谷、グライトの谷なんです」

実に簡単な名前の付け方だが、村人がそれで場所を特定できるなら、立派な名前となる。俺もそんな場所を見つければ、アキトの谷って呼ばれることになるんだろうな。そんなことを考えながら、先を急ぐ。


森を抜けると、ゴツゴツした岩と低い潅木《かんぼく》が山の上まで続いている。雪で埋もれる地方だから森は山裾にしかないみたいだ。

キャサリンさんは器用に岩を伝って先を急ぐ。意外と俺より山歩きに慣れてるみたいだ。


山肌に動くものがいる。何だろうと思って立ち止まって見ていると、キャサリンさんが俺の視線に気が付いて教えてくれた。

「サルトムですよ。群れで山肌の岩場に住んでいるんです。サルトムの狩りも依頼にあるのですが、それはアンディ達に任せておけばだいじょうぶです」

アンディ達とは男女二人組みの赤レベルのハンター達だよな。

「アンディさん達は、ギルドにいませんでしたけど、長期の依頼をしているのですか？」

「そうではないの。アンディ達はこの村に家を持っているから、暮らしに困らない程度にしか依頼をこなしてくれないの」

無理して、ハンター業を行わなくても、暮らしに困らないなら、それも有りだと思う。ハンターは皆上位レベルを目指すとは限らないし、俺達だって短期にとんでもなくレベルは上がっているけど、本来の目的は慎《つつ》ましく暮らすことだ。

そんなことを考えながら歩いていくと、突然に深い谷が見えてきた。

「あれが、グライトの谷です。フェイズ草はあの谷の日当たりの良い斜面に群生してるんです」

谷の入口まで来ると、ここから岩場を伝いながら降りることになる。

ところで、フェイズ草ってどんな形なんだ？　キャサリンさんが先行してドンドン下りていく。ロッククライマーより岩場の扱いが上手いんじゃないかな。俺には後を追いかけるのがやっとだ。

「あれがフェイズ草です！」

キャサリンさんが指差したものは……ネギ？

確かに、ネギは風邪にいいと聞いたことがあるけど。……ここまでしてネギを採りに来るのか？

だいたいネギなら畑に栽培してるのが普通じゃないのか！

岩場のちょっとした平地に数本のネギが生えている。キャサリンさんは早速、ネギの傍に近づき、ネギの周りをスコップナイフで掘り出した。

どうやら、ネギモドキの球根が目的らしい。ネギには球根がないから、これはネギではない。フェイズ草なのだ。でも生えてる姿を見る限りネギだよな。

手伝おうとした俺を、キャサリンさんが止める。

「アキトさんは周囲の警戒をお願いします。このフェイズ草を傷つけると、その匂いにつられてカルキュルがやってくることが多いんです。カルキュルはこの傾斜面を平地のように歩き回ります」

それは、ヤバイな。早速、近くの岩によじ登ると周囲を警戒する。

確か、クルキュルって俺のグルカナイフを跳ね返したんだよな……そんなことを思い出して、いつでもM29を使用できるように腰のホルスターの銃の位置を確かめる。

辺りを見回していると、モコモコとした奴が近づいてきた。ヒョイと首が持ち上がる。

確かに小型のクルキュルだ。周囲をもう一度見てみると、近くにもう一匹いるぞ。

「キャサリンさん。カルキュルが二匹近づいてますけど……」

「ここで、五本取れます。何とかなりませんか」

キャサリンさんは一生懸命、土を掘っている。四本目に取り掛かったところみたいだ。

「分かりました。ちょっと大きな音がしますがびっくりして谷に落ちないで下さい」

カルキュルがどんどん近づいてくる。ネギが好きなのかな?

キャサリンさんに二十メートルほど近づいた時、M29を引き抜き慎重に狙いを定める。

ドゴォン‼

マグナム弾がカルキュルの胴体を貫通した。……ドォゴォォン……と発射音が谷に木霊《こだま》する。続けて、もう一発!

キャサリンさんが驚いて俺を見上げたが、すぐに作業を再開した。

岩を下りて射殺したカルキュルを調べてみる。やはりクルキュルと一緒でどう見てもニワトリなんだよな。

食べられるかもしれないので、魔法の袋に入れて腰のバッグに入れておく。

「次に行きましょう！」

キャサリンさんの作業が終わったみたいだ。また、キャサリンさんの先導で谷を下りていく。

そんなことを繰り返していると、だいぶ日が傾いてきた。

「そろそろ、戻りましょうか？　依頼の数以上、手に入れましたから」

今度は谷を登る。結構急な斜面なんだけど、キャサリンさんはものともしない。前の世界ならば有名な女流登山家になれる素質十分だ。

森の縁を辿るように山を歩いて最初に登ってきた小道に出る。そこからは森を歩いて村に戻ればいい。

「ところで、カルキュルを二匹倒して持ってるんですけど。これって、売れるんですか？」

「売れますよ。ギルドにカルキュルの依頼はありませんでしたが、村の肉屋さんが引き取ってくれます」

村の北門に着くと、朝の番人さんと人が代わっている。

「この村は小さいので番人を専門に置けないのです。村人が交代で番をしてるんですよ」

「俺達も、そのうち番をすることになるのかな？」

「ハンターは別です。でも何か有れば一斉召集になりますね」

途中の肉屋に寄ると、カルキュルを引き渡す。一匹は両足を別々に包んでもらった。それでも、残りの肉は50Ｌで売れたのでちょっと嬉しくなる。

ギルドについてカウンターにフェイズ草の球根を渡すと依頼は終了だ。全部で十七個。２２０Ｌになる。さっきのカルキュルの代金と合わせると２７０Ｌ。１３５Ｌずつ分けて、カルキュルの足も一本ずつ分けた。

「カルキュルなんて、ひさしぶりです」と、キャサリンさんが喜んでいる。

バタンとギルドの扉が開いた。姉貴とミーアちゃんが帰って来たようだ。

カウンターにミーアちゃんが袋を出して、ドサドサとラッピナをカウンターに落としていく。

カウンターのお姉さんがびっくりしてるけど、あれはミーアちゃんのお手柄なんだよな。

「あんなに、たくさんラッピナを獲ることができるんですか？」

「ミーアちゃんがいるからね。気配を消してラッピナに近づき、クロスボウで一撃。他の人にはできないと思うよ」

どうやら、八匹をギルドに納めるようだ。１２０Ｌを貰って姉貴達は喜んでる。

俺達の方にやってくると、「肉屋さんを教えて！」ってキャサリンさんに聞いている。

姉貴達もラッピナの肉をさばいて欲しいみたいだ。

家に帰る途中で肉屋さんに寄り、二匹渡して、一匹を無償でさばいてもらう。肉を半分ずつに分けてキャサリンさんにあげると、俺達は家に戻った。

ラッピナシチューとカルキュルの焼肉はやはり美味しかった。自制しないとメタボになりそうな気がする。

キャサリンさんのお手伝いは、三日続けて一日休み。

そんなことを繰り返す毎日だったが、今日は休みということでゆっくりと朝寝坊を決め込んでると、リビングが騒々しい。何だろう……。とりあえず起きることにした。

ゆっくりと階段を下りると、姉貴とミーアちゃんが興奮したように早口でなんか言っている。ドアは開けっ放しだし、どうしたんだ？

「あ！　アキト。起きたのね。大変なの！　リッシーがいるの！　……ねえ、聞いてるの？」

聞いてます。でも姉貴の話が突然過ぎてよく分かりません。

「ミーアちゃん。何があったの？」

あたふたしてる姉貴を置いといて、ミーアちゃんに訊ねてみた。

「朝起きて、顔を洗おうとしたら、湖の遠くに島が現れたの。急いでお姉ちゃんを呼んだら、島の脇から長い首がニュ～って……」

あれか？　大きな湖によくある話だな。

ネス湖はネッシーだし、屈斜路湖《くっしゃろ》にはクッシーだ。ここはリオン湖だから、リッシーってことになるのかな？　ようやく訳が分かったぞ。

俺も見ようと思って外に出てみたが、そんなものはどこにもいない。

「見間違いだと思ってるでしょう。……でもいたんだからね！」

後ろから姉貴が叫んでるけど、ここは異世界。何が出てもおかしくないから、もちろん信じてますよ。

そんな朝の騒動はさておいて、今日は裏庭でのんびりと魚釣りだ。こんだけ大きな湖だし、何か釣れてもいいはずだ。

俺が釣りを始めると、いつの間にか隣でミーアちゃんが観戦している。小さな木桶《きおけ》を持ってるし、なんか期待されているような気がしないでもない。

ヒョコヒョコと浮きが動き、スイーっと引き込まれる。手首を返すと、グイグイと引きが腕に伝わる。ヨイショっと一気に釣り上げる。……マスのような魚だけど、何だろう？

続いて、あたりがくる。そして、取り込み。……こんな感じで数匹釣り上げた。ミーアちゃんが大喜びで魚をさばいている。

道具をしまって、家に入ると香ばしい匂いがする。暖炉の周りに三匹の魚が刺してあった。今日のお昼はこの焼き魚だな。

トントンと扉を叩く音がする。

ミーアちゃんが扉を開くと、そこにはキャサリンさんとギルドのお姉さんがいた。

「こんにちは。今日はお休みでしたよね。この間のお肉のお礼です」

そう言ってミーアちゃんに小さなカゴを渡す。

姉貴は……、どこにいるんだ？　急いで姉貴を探すことにする。

「ちょっと、ここで待っていてもらえませんか。姉さんを呼んできますので」

俺は急いで裏庭を目指すと、やはり姉貴はいた。椅子に座って、双眼鏡で湖面を監視している。

「姉さん。キャサリンさん達が来てくれたよ」

「え！　じゃあ、すぐに行かなきゃ」

双眼鏡を俺に渡して、タタタっと家に飛び込んでいった。

何か、面白い物でも見つけたのかな？　俺も、双眼鏡で湖面を見てみたが怪しい物は見つけることができなかった。ちょっと、残念な気持ちで家に入る。

「確かに、この湖には竜神が住むという言い伝えがあります。昔は湖で漁をする人もいたんですけど。……動く島を見たとか、人の胴体ほどの太さのウナギを見たとか。……そんな話が広がって、今は漁をする人がいなくなりました。美味しい魚が獲れるんですけどね」

どうやら、姉貴がリッシーの話を聞いていたようだ。そして、キャサリンさんの話は姉貴の目撃談を肯定している。となると、やはりリッシーはいることになるのかな。

人数が増えた分、増やした魚を、ミーアちゃんが焼き上げている。

キャサリンさんが持ってきてくれたのは、焼いたばかりの黒パンだった。

五人でテーブルにつき、俺が釣り上げた魚をおかずに昼食をとる。

キャサリンさんの妹はシャロンさんっていうそうだ。

「気軽にシャロンで構いませんよ。お姉さんの友人ならなおさらです」

そんなことを言ってるけど、年長者を呼び捨てにはできないよな。

もう少し経つと、この村の畑の収穫が始まり、その後は冬篭《ご》もりの準備が始まるらしい。そんな季節にこの村に大勢のハンターが訪れるのだそうだ。

何のためかというと、狩猟である。山の動物達が冬篭もりのため一番肉付きが良くなる季節だというのだ。大型草食獣をさばくための業者や商人までもが大挙して押し寄せてくるらしい。

その時は、村に一軒の宿屋では対処できないので、ギルドで村人に斡旋《あっせん》しているのだそうだ。去年キャサリンさんの家には、ミケランさんが滞在したと教えてくれた。

「もし、空き部屋があれば、提供してもらえませんか。二食付で一人20Lが相場なんですけど」

確かに、宿は足りないだろう。でも、せっかく剣姫様に貰った家だしな。

「条件があります。赤レベルであること。それに、提供できる部屋は一つになります」

この日、とんでもないことが分かった。お風呂である。

お風呂のお湯をどうやって手に入れるか。ずっと考えてたけれど……。

「お風呂のお湯は水魔法でお湯を入れるんですよ。ここもそうだと思いますが、排水はあっても水を入れるものはないはずです。お湯を出す魔法【フーター】で必要なだけお湯を入れるんです」

俺達はどうしてもお風呂に入りたくて、風呂桶に水を張って焼けた石を次々に投入してお湯にしたんだぞ！　何で誰も教えてくれなかったんだ……。

「あいにく、私達は水魔法を知らないんです。そんな時はどうするんですか？」

「ギルドに契約すればいいのよ。一月で20Ｌ。……それで毎日お風呂に入れるわ。でも、移動神官に会うことがあればすぐに覚えた方がいいわよ。ついでに、【クリーネ】も覚えると、衣服をきれいにできるわ」


キャサリンさんが帰った後、俺達は村の雑貨屋に足を運んだ。

俺達の声で、奥から若い女の子が出てきた。

「「こんにちは」」

「あっ、届いてますよ。布団が三組にカーペットの大型で毛深いものでしたね。ちょっとお待ちください」

女の子が、ウンコラショって運んできたものは、満足のいくものだった。手押し車を借りて、まずは布団を運び、次にカーペットを運ぶ。最後に、お店にあった、いかにも手作り感の漂ったクッションを五つ新たに購入した。

布団をロフトに運び上げ、後は姉貴に任せる。俺は、テーブルと椅子を退《ど》かして大きい方のカーペットを敷く。次にテーブルと椅子をやや扉方向に移動して暖炉の前を大きく開ける。

ここにフワフワカーペットを敷いて、適当にクッションを置いた。これで暖炉の前に寝転べるぞ。

姉貴の様子を見にロフトに上がると、ミーアちゃんと布団を並べていた。マットレスはないけどそのうち揃えればいい。板の間に寝るよりは遥かにマシだ。


次の日。ギルドに行くと、大量の薬草の注文が入っている。強壮薬のジギタ、傷薬のサフロン、毒消しのデルトン。しかも、量に制限がなく、できるだけたくさんっていうものだ。

ちょっと驚いて、先にギルドで待っていたキャサリンさんに聞いてみた。

「あれは、もう少しで始まる狩猟に備えているんです。無理な狩りを行って毎年亡くなる人もいるんですよ。亡くならないまでも大怪我をする人は大勢いるんです」

冬越しの資金を稼ぐために無理をするものが大勢いるらしい。とにかく、この依頼を何とかしなくてはならないようだ。

そんなわけで、今回はまとまって薬草を探すことになった。四人で交替しながら周りを警戒すれば安全に採取できると考えたのだ。


「じゃぁ、出かけるよ!」

姉貴の声で俺達はギルドを出たけど、さて、どこに行くのだろうか?

村の通りを歩き、三叉路の所に来た。

「南の畑や草原あたりの薬草は村人に任せましょう。私達は森近くの斜面を探そうと思うんですけど」

「今日は、キャサリンさんにお任せします」

キャサリンさんと姉貴の短い会話で、俺達は北門を出て小道を山の方に進んでいくことになった。

北門から歩くこと一時間あまり、森の姿が良く見える距離に近づくと、今度は小道を抜けて森の外れを東に回り込んでいく。すると草原に岩がポツンポツンと点在している場所に出た。ここからはずっと湖の辺りまで日当たりのいい斜面が広がっている。

「ここが、私の通う薬草の宝庫なんです。じゃあ、皆さん頑張って採取をお願いします」

「最初の見張りはミーアちゃんお願い。次はアキトだからね」

ミーアちゃんが岩の上にスルスルって登ると周りを見張り始めた。

しばらく俺達があっちこっちと移動しながら薬草採取をしていると、「ああ!!」ってミーアちゃんが叫んだ。

すぐにミーアちゃんの立っている岩によじ登る。俺にミーアちゃんの指差して教えてくれた方向を見ると、そこは湖だった。

周辺の山々と青い空を映した鏡のような湖面を、ゆっくりと島が動いている……。

なるほど、リッシーがこの湖にはいるんだ……。そんな不思議な光景を肯定している自分に気が付いた。

2話
The 2nd STORY

Under the Yggdrasill tree

狩猟期がやってきた

村人総出に近い薬草採取が一段落すると、朝晩が少し肌寒く感じるようになってきた。それにともない、村のギルドに人が集まり出してきている。今では二十名以上のハンターが登録しているそうだ。

キャサリンさんによると、あと一週間もすればこの倍以上になるという。東と北の門の内側にある広場には、商人達が出店を出してお祭りのようになるとの話だが、早く見てみたい気がするな。

俺達は今日はギルドに行かず、家で山麓の簡単な地図を広げて作戦を練っている。

狩猟解禁までは、大型動物の狩りはギルドでの依頼以外では禁止されている。その解禁日を一週間後に控えた今は、他のハンターをいかに出し抜いて狩りをするかを考えることが大事らしい。山脈がいかに大きく広大であるといっても、獲物がいる場所は限られていると思うんだけどね。

「すると、キャサリンさんは、この辺りの岩棚が狙い目って考えてるわけね」

「そうです。この辺りの平場は他のハンターが大勢やってくるはずですから、獲物もこんな具合にハンターを避けるはずです。そうなると、どうしてもここを通るはずですから、待ち伏せすることができます」

キャサリンさんが地図を指差した場所は、麓に広がる森の山沿いの東側だ。

「ふ～ん……。上手くいくかなぁ？」

「去年はここでミケランさん達と待ち伏せして大猟でしたよ」

柳の下のドジョウって感じだな。でも、ポイントは悪くない。

後は、去年ここで大猟だったということを今回集まってきたハンターが知らなければいいんだけどね。

「私は、この辺りが良いんじゃないかな？　と思ってるんだけど……」

姉貴が地図を指差した場所は、グライトの谷底だった。

「確かに有望な場所ですけど。……カルキュルがいますよ。それに、獲物を谷底から持ち上げるのは重労働です」

「持ち上げる必要はないわ。湖まで下ろしてイカダで運ぶのよ」

斬新なアイデアを姉貴が提供する。

確かに、楽に大量の獲物を運ぶことができる。でも、そんなに上手くいくのだろうか？

「う～ん。……ちょっと魅力的ですね。そういえば去年、ミケランさん達が来年も来るって言ってましたから、彼女達の意見も聞いて決めましょう」

そんな話をしていた四日後のことだった。

裏庭でミーアちゃん監視の許《もと》に釣りをしていたら、後から声がした。

「しばらくにゃ。元気だったかにゃ？」

この声は？　思わず振返ると、ミケランさんがミーアちゃんの頭をナデナデしていた。「しばらくです。ミケランさんもお元気そうで……」

急いで道具をしまうと、三人で連立って家に戻った。

リビングには姉貴とセリウスさん。それにジュリーさん？　急いで部屋を見渡すと……、いた！　暖炉の前のカーペットのクッションに、ポテっと座り込んでいる剣姫様の姿を見つけたぞ。ゴスロリ姿で座っている姿は、まるでお人形みたいだ。

姉貴がお茶とお菓子をテーブルに運んでる。それを見たミーアちゃんが慌てて手伝いに走っていく。

俺は、姉貴にうながされてテーブルについた。ミケランさんもセリウスさんの隣に座る。

「久しぶりだな。まさか試練を受けるとは思わなかった。試練に勝つとは予想すらしなかった。その色の濃さ……近年稀《まれ》に見る品物だ」

「なぜか、持つことになってしまいました。試合相手は理解できない技を使いましたが、カラメルの長老には、勝因がすぐに分かったみたいですけど……」

「彼らはエルフよりも遥かに長命だ。そして、不思議な技を使い、水のあるところには何らかの関係を持つ。案外この近くにも住んでいるかも知れぬぞ」

「でも、ここがよく分かりましたね。この家を頂いたのは最近ですよ」

「姫より聞いた。タグ殲滅《せんめつ》の経緯《いきさつ》もな。よく無事に帰ったものだ。タグの女王を見たことがある人間など、この国にお前達以外おるまい」

「セリウスさん達は、当然狩猟目的ですよね。それは何となく分かるんですが。……剣姫様が来られた目的が、よく分からないんですけど」

ジュリーさんが小さく笑い出した。

「内緒ですよ。姫はここのお祭り騒ぎが大好きなんです。特に屋台の食べ歩きが大好きで……」

ジュリーさんがヒソヒソと小さな声で俺達に話してくれる。

「ジュリー。聞こえておるぞ。……良いではないか。王宮は息が詰まる。このように暖炉の前で足を伸ばすなどできぬことじゃ」

剣姫様の来村目的は息抜きと理解した。あれ？　でもそれじゃあ、この別荘を手放さなかった方が良かったような気がするけど。

「この別荘。……作るには作ったが、広すぎてのう。お前達に渡せば、我は適当に来客として利用できると思ったのじゃ」

うわあ。凄い自己中心的な考え方だ。さすが、一国の王女だけのことはある。このように他人を利用することに躊躇《ちゅうちょ》しない教育をしっかり施《ほどこ》しているとは……この王国の未来は明るいぞ。

「それでじゃ、この家には部屋が二つあったはずじゃが、……一部屋を譲って欲しいのじゃ」

「いいですよ。二つとも空いていますから、どちらでも好きな方をお使いください」

姉貴の答えに、「わがままを言ってすみません」って頭を下げたのはジュリーさんだった。この人も、剣姫様に苦労してるんだろうなあ。

「あと一つ空いてますからセリウスさん達もどうですか？　ミケランさんと一緒でいいんですよね」

「ミズキには分かっておったか。だが、遠慮しておこう。毎年、キャサリンのところに宿を決めておるのだ」

「ちょっと、残念にゃ。でも、たまにはご馳走して欲しいにゃ」

ミケランさんが残念そうに言ってるけど。もう、リリックは無いぞ。


でも、魚は釣ればいいか。

俺は席を立って、裏庭に魚を釣りに出かけた。ミーアちゃんが傍にいないのがちょっと寂しいけど、それでも夕方までには何とか人数分を釣り上げた。

暖炉の石の割目に串を刺してミーアちゃんが焼き上げている。それをジッとミケランさんが狙ってる。でも、そ～っと手が出てくるのを剣姫様が牽制《けんせい》している。

そんな光景を微笑ましくジュリーさん達が見ていた。

「しかし、アキトがいると、どこでも魚が食べられるな。ミケランが羨《うらや》ましがるはずだ」

「いつでもとはいきませんが、できるだけご期待に応えたいですね」

姉貴がそんなことを言ってるけど、釣るのは俺なんだよな。

そんなことを考えていると、扉がトントンと叩かれる。急いで開けると、キャサリンさんがいた。

「今日は、皆さんお揃いですか？」

「はい。剣姫様達も来てます。どうぞ中へ」

キャサリンさんをテーブルに案内する。勝手知ったる何とやらで、ジュリーさんがお茶のカップを渡した。

「それでは、皆さん揃ったところで、今期の狩猟場所と役割を決めたいと思います」

姉貴が、作戦会議を宣言する。

テーブル席の皆が頷いた。ミケランさん達は魚を美味しく焼くのに忙しそうだ。それを監視している剣姫様も緊張した表情で二人を見ている。そんなに大事なことなのだろうかと考えてしまう光景だ。

「今期の猟場は、ここ、グライトの谷とします」

「ちょっと、待て。確かそこは……」

「カルキュルの営巣地《えいそうち》です。でも、巣に近づかなければ襲ってこないと聞いています。それに、これを見てください」

姉貴は、簡単な地図をテーブルに大きく広げる。

「ギルドに集まるハンター達の話では、山裾のこの辺りを中心に狩りを行う公算が高いと思われます。去年のキャサリンさん達の狩場はこの辺です。大勢のハンターに追われた獣達が、このように移動したため、ここに大量に押し寄せてきたと考えてます。予想ですが、昨年の狩猟結果を元にここには大勢のハンターが押しかけるのは確実です。そうなると、獣達はここを避けて、こちらに移動するでしょう。移動先となるのはグライトの谷、しかも谷底です」

「ミズキに王国軍の軍師をさせてみたくなったぞ。情報と分析、それに基づく作戦。……正に軍の作戦参謀に相応《ふさわ》しいのじゃ」

暖炉の方から剣姫様が賞賛してくれた。でも姉貴に軍なんか任せたら、それこそ、世界征服を狙うんだろうな……。絶対やらせるべきじゃないと思うぞ。

「ミズキの案は俺も認めよう。しかし問題が一つある。獲物を谷底からどうやって運ぶのだ。場合によっては数十頭の獲物となる。あの深い谷底から持ち上げるのは困難という他はない」

「持ち上げなくても、運ぶ方法はあります。谷をそのまま下り、イカダに獲物を乗せて湖を渡り村の近くで降ろします。谷には立木がたくさんあるみたいですから、イカダを組むのは簡単だと考えてますけど」

「見事じゃ。金貨二十枚で王国に仕官せぬか？　仕官の祝いにこの家の十倍の館を与えるぞ。もちろんメイド数人は王国で用意するのじゃ！」

剣姫様、一気に乗り気になってきたぞ。でも、金貨二十枚って……20万L！　とんでもない高給じゃないか。

「残念ですが、私達はこのままがいいのです。人ごみは息が切れます」

「残念じゃ……。しかし、我の友であることは事実。援助を請《こ》うこともあるかと思う。その時は支援を願いたい」

姉貴は、当たり前ですって顔をして頷いた。でも俺には、いつ友達になったのか思い出せない……。

「確かに素晴らしい作戦だ。俺達もこの作戦に加わっていいんだな？」

「最初から、そのつもりです」

セリウスさんも姉貴の案に同意した。

「何か、意見のある方はおりますか？　……いないようなので、配置について説明します。我々の人数は剣姫様達を含めて八人。前衛はセリウスさん、ミケランさん、アキトに剣姫様の四人。中衛は私とミーアちゃんの二人。後衛はジュリーさんとキャサリンさんの二人になります。この図を見てください」

姉貴はもう一枚、紙を取り出した。

「これが、谷での配置図になります。たぶん獣達は暴走に近い状態で谷になだれ込んできます。ですから、それを止められる人間を二人ここに配置します。ここは、剣姫様とセリウスさんにお願いします。そのバックアップは、ジュリーさんとキャサリンさんにお願いします。中衛の私とミーアちゃんは谷の両脇、ここここに陣取ります。前衛のミケランさんとアキトは、やはり谷の両側に配置しますが、中衛の攻撃開始と同時にこのように谷に下りて後ろから獣達を狩ります。獣を誘い込んで、一塊にし、前後から狩りをする。……分かりましたか？」

皆、声も出ない。

「ミズキ。金貨三十枚でどうじゃ。やはり無理かのう……」

「最後に、この作戦は剣姫様が立案したことにしてください。それが可能と判断したのは、メンバーにセリウスさんがいたことによると。……よろしくお願いします」

「それでは、お前達の功績が無駄になるではないか！」

「参加者全員で報酬を均等割り。それで十分です」

俺も、それでいい。こんな作戦、ちょっと頭を捻《ひね》れば誰だって思いつくはずだ。あまり有名になっても誰かに妬《ねた》まれるだけだし、剣姫様ならその辺は元から有名人だからだいじょうぶだろう。

「できたよ！」

ミーアちゃんの声で、俺達は夕食の準備を始める。やはり、大勢で食べるのは楽しいし、同じ料理でも美味しく感じる。


狩猟解禁の当日の朝、俺達の家に全員が集合した。

俺と姉貴は迷彩シャツと迷彩パンツに軍用ブーツ。セリウスさん達は革製の服を着込んでいる。ジュリーさん達魔道師も丈の長いスカートではなく、厚手の綿で作られたパンツとブーツだし、ミーアちゃんはいつものインディアンガールのスタイルだ。なぜかしら剣姫様もミーアちゃんとお揃いなのがちょっと気になるぐらいだ。

全員分の食事を作れる大型の鍋や食器を魔法の袋に入れて姉貴のバッグに入れてあるし、食料や水は同じように俺の腰のバッグに入れてある。

俺と姉貴の装備は、いつものとおりで変わらない。俺も採取鎌《がま》を持ってるし、姉貴も俺の手作り槍《やり》を持ってる。まぁ、杖代わりだからね。

谷を下りてイカダを作ることになるので、ロープがたくさん必要になったが、これはセリウスさんが持ってくれた。

剣姫様は長剣をいつもより少し上に担いでいる。あれなら歩きにくいことはないだろう。

「皆、忘れ物はないですね。それでは出かけますよ～」

姉貴の幼稚園の遠足みたいな声を合図に、俺達は家を出る。通りに出ると、石像の口に鍵を差し込み、石畳の道を林で閉ざす。

西の門の方向に八人で歩いていくと、だんだんと通りを歩く人が多くなっていく。それに従って、通りの左右にいろんな屋台が出ているぞ。肉や小魚を焼くいい匂いが辺りにたちこめているから、ミーアちゃんやミケランさんがソワソワしてる。

屋台には傷薬や簡単な罠等を売る店や、お弁当まで売ってる所もある。

先に進むにつれ、それらの屋台で装備や食料調達する者と売り子の交渉で、だんだんと辺りは騒がしくなってきた。

北の門の内側にある広場に行くと、そこにはギルドの臨時出張所ができている。

ここで登録した者のみが、山での狩りを許可されるのだそうだ。登録料は村の収入になるし、万が一の事故が発生した場合でも、たとえそれが行方不明であっても、誰がそうなったのかをギルドが知ることができる。ハンター全体の管理を行うためには必要なことなのだろう。

早速、セリウスさんに連れられて、臨時出張所のカウンターに行く。そこには、キャサリンさんの妹のシャロンさんがいた。

「八人だ！」

簡潔に人数のみを伝え、ギルドカードを八枚シャロンさんの前に置く。そして、銀貨を一枚。鑑《かん》札《さつ》料だと言っていたけど、あれは剣姫様が「これを使え！」と朝方セリウスさんに渡していたものだろう。

「はい。登録終了、……十三番です。これは、もう知ってますよね」

「うむ」と言いながらセリウスさんは、俺達のカードと木の札、そして黒と白の球を受け取った。

「あちらにテーブルがあります。まだ時間がありますから少し休みましょう」

ジュリーさんが指差したテーブルは、長椅子と木の小さなテーブル席だ。テーブルには木の札が立っている。

どうやら、予約席みたいだ。いつの間にかジュリーさんが予約してきたみたいだな。

テーブルに移動すると、早速ミケランさんがミーアちゃんを連れて屋台に出かけていった。俺もセリウスさんに連れられて、お茶を人数分確保しに出かける。

辺りを見てみると、同じようなテーブルが十個以上出ており、それぞれ大型の武器を持ったハンター達が座っていえる。

みんなガタイがいいなって見ていると、近くのテーブルから大男がやってきた。どう見ても二メートルは超えてるし、体重は一〇〇キロを超えていそうだ。

「セリウス、久しぶりだな」

「アンドレイか。……カレイム以来になるな」

どうやら、セリウスさんの知り合いみたいだ。しかしデカイ……。そして背中には巨大な剣を背負っている。

「ところで、お前の所にいる小僧と嬢ちゃんは、……本物か？」

「ああ、冗談を信じて打ち勝ったようなところはあるが、本物だ。正直な話、俺より実力は上だ。お前もつまらんチョッカイをかけない方が良いぞ。グレイは簡単に捻られたそうだ」

「そうか、本物とはな。王都では偽者を付ける輩《やから》もいるそうだ。実力ですぐにばれるのが分かりそうなものだが……。坊主。俺は、アンドレイという。黒八つだ。ネコ族のカルミアとエルフ族のジャラムとチーム『狼のキバ』を組んでいる。よろしくな！」

握手を求めてきた手は俺より遥かに大きい。グローブみたいな手だ。

「アキトと言います。黒一つで、黒二つの姉ミズキとネコ族のミーアとチーム『ヨイマチ』を組んでいます。こちらこそよろしくお願いします」

俺の手は、万力みたいにガッチリと握られた。

アンドレイさんは剣姫様に軽く手を上げて挨拶すると、仲間達の待つテーブルに去っていった。

改めてセリウスさんに狩猟参加者の話を聞くと、黒の高レベルが多いとのことだ。赤レベルの参加者は黒レベルの者が必ず同行しているらしい。

「それにしても参加者が多いですね」

「ああ、一〇〇名は超えるはずだ。それと、獲物運びの村人だな。さっき貰ったこの球だが……爆裂球の一種だ。爆発せずに煙を出す。白は重傷者発生、黒は獲物運び求む、の印だな」

「参加者が多いのはこの狩りで得た獲物が、王都の冬の食肉に供されるためじゃ。冬越しの肉が王都に入る。商人はその運送と販売で儲けが出る。この期間のハンター滞在で村は潤《うるお》い、ハンターは冬を越す資金を得られるわけじゃ。良い考えだとは思わぬか？」

剣姫様が少し補足してくれた。確かに良いシステムだけど、獲物次第ってところがね。もっとも、狩りで獲物も獲られないような腕ならばそれも問題があるけど、獲物の数はだいじょうぶなんだろうか？

そんな時にミケランさん達が帰ってきた。両手にいっぱい戦利品を持っている。いったいこの人はこれから何をするのかを理解しているのだろうか？　ミーアちゃんに貰った肉の焼き串を齧《かじ》りながら、そんなことを考えてしまった。


バアァーン‼　っと大きな音が鳴り響く。

皆一斉に音のした方向を見ると、仮設のお立ち台に老人が立っている。

「皆の衆。今年も季節が巡ってきた。まずは、豊猟を水神様に祈るとしよう……」

皆一斉に湖に向かって右手を胸に当て、軽く頭を下げる。俺達も同じように真似をする。

「皆、祈ったな。……それでは、本日より二十日間、国王に代わってアクトラス山脈での狩猟を許可する」

ウオォォォーーーー!!

老人の言葉が終わると、皆が一斉に叫び声をあげて、北門を我先に出ていく。

村人や、商人達がそれを声援で見送る。

凄いや……。

一斉に駆け出したハンターを見てると、いつの間にか俺達だけがポツンと残されていた。

「さて、俺達も出かけるか?」

セリウスさんが俺達を眺めながら言った。もちろん全員が頷いて席を立つ。

「忘れ物はありませんね?」

キャサリンさんが注意してくれるけど、もちろんあるはずがない。

北門を出る時に、後ろを振り返って見送る人達に手を上げると、ウオォォーという歓声と共に皆が手を振ってくれる。……やっぱりお祭りなんだなと思いながら皆の後をついていった。

門を出て、山に向かう坂道を歩く。しばらく歩くと山裾の森に入る。森の入り口にある大岩が目印の休憩場所にはアンドレイさん達が待っていた。

「まだ、歳ではないと思うが。……こんなところでもう休憩か?」

「お前達の行き先が気になってな。待っていたのさ」

「教えることはできんが、去年とは場所を変える。もっと東に移動して猟をするつもりだ」

「欲のないやつだ。俺達はそこを目指すつもりだ。お前達が行くとなれば事前に調整しようとしたが無駄足だったようだ」

　アンドレイさん達は立ち上がると、森の小道に消えていった。

「さて、俺達も急ごう。今日はやることがたくさんある！」

　セリウスさんに急《せ》かされて俺達も森の小道に入る。森を抜けて今度は南に尾根を周るようにリオン湖を見下ろしながら東に進む。しばらく歩くと、グライトの谷を見下ろす岩棚に出た。

　岩を伝いながら谷底に下りていく。真っ直ぐに下りることはできず、右に左に下りられる場所を確認しながら下りることになったのでそれだけで一時間近く掛かってしまった。ようやく谷底に下りて上を見上げると、グライトの谷はV字よりU字に近い。よくもあの崖を下りてこられたものだ。

　キャサリンさんに聞くと、ずっと上に行けば楽に下りられるが、それだともう半日ほど山を歩くことになるとのことだった。姉貴の作戦を遂行するためには、やはりここで谷を下りる必要があったわけだ。

　早速手分けして作業を開始する。

　俺と姉貴、それにセリウスさんとミケランさんは、イカダ用に谷底の立木の伐採《ばっさい》と湖への運搬。

　昼から夕方までかけて何とか二十本以上の運搬を完了した。姉貴の魔法で光球を出してもらい、その明かりの下でイカダを組む。

　数時間ほど掛かって横幅三メートル、長さ五メートルほどのイカダを二個作ることができた。材料が余っているから、獲物の量によっては更に小型のイカダを作ることもできそうだ。

へとへとになって剣姫様達の所に戻ると、食事ができていた。

むさぼるようにガツガツと食事をかき込み、岩の間で眠る。焚き火の番はもちろん交替だ。最初はミーアちゃんとキャサリンさん、その後は剣姫様達だ。俺の番は明け方近く、しばらくはゆっくりと眠ることができる。


体を揺り動かされて、俺は眠りから覚めた。急いで姉貴を起こしてセリウスさん達と交代する。

焚き火に焚き木を追加して火の勢いを増す。姉貴はポットを取り出して、お湯を沸かしシェラカップを俺に渡してくれた。コーヒーのいい香りだ。そういえば、ずっと飲んでなかったような気がする。

「しばらくぶりだね。アキトと焚き火を前にコーヒーを飲むの」

「ああ、もうないのかと思ってた。しばらくぶりで飲むと、やはり苦いね」

「今日は、忙しいよ。頑張ってね」

姉貴とたわいもない話をしながら周囲を見張る。やがて、ギョェーとおかしな声で鳥が鳴き出した。もうすぐ夜明けだ。

そんな鳥の声に眼が覚めたのか、皆が起き出してくる。

「おはよう」と互いに挨拶をすると、代わる代わる湖の岸辺に顔を洗いに行く。冷たい水で顔を洗うと、それだけで気持ちがいい。

キャサリンさん達が作った朝食を食べていると、姉貴が今日の予定を話し始めた。

「今日の予定を連絡しますから、よく聞いておいてくださいね」

そんなことを言いながら俺達を眺めてる。

「獣達がこの谷になだれ込んでくるのは昼過ぎになると思います。そこで、午前中に簡単な柵と溝を掘ります。これは、少しでも獣の暴走速度を軽減するためと、流した血潮が谷の下に流れないようにするためです。昼は携帯食料と水筒の水で我慢してください。柵と溝ができ次第、配置についてもらいます。配置は柵を造りながら説明します」

朝食を終えた俺達は迎撃準備に取り掛かる。

まずは柵造りから始める。柵といっても高さ一メートルくらいの杭を羅列するだけだ。乱杭により獣の突進を避けるため、谷底に長さ十メートルくらいの範囲で杭をたくさん打った。

この後にセリウスさんと剣姫様が獣を待ち構え、彼等のすぐ後にある岩の上にジュリーさんとキャサリンさんが立つ。大岩なので獣達も登ることは困難だろう。

乱杭の山側約五十メートルくらいの所にはミーアちゃんと姉貴が谷の壁に生えた立木の上でクロスボウを構える。谷底のこの場所にちょっとした仕掛けを姉貴は施した。低い杭を三本打ってそこにツタを結ぶ。爆裂球を杭に取り付け、ツタには爆裂球の紐《ひも》を結んである。獣がツタに足を取られれば、その勢いで爆裂球が破裂する。ちょっとした足止めにはなるはずだ。

さらに山側一〇〇メートルの左右の岩陰に俺とミケランさんが待つ。俺達がこの罠の口を閉ざすのだ。全員の配置を確認すると、ジュリーさんが俺達全員に【アクセラ】で体機能上昇の魔法を掛けてくれた。これで二割の体力アップになる。

谷底の坂道を平地のように駆け上がり、俺の待機場所に着いた。岩陰に隠れると、見えるのは谷の反対側で同じように岩の割目に潜《ひそ》んだミケランさんと、谷の下の立木に登ったミーアちゃんだけだ。

ミーアちゃんがクロスボウを木の枝に掛けて、するすると立木の上に登っていくと、俺があげた海賊望遠鏡で谷の上を覗いている。姉貴達の役割は作戦全体の状況監視も兼ねているようだ。ミーアちゃんと姉貴は互いに手振りで大まかな状況を伝え合っているらしい。

ミーアちゃんが突然右手を上に上げた。そして、スルスルと元の位置に下りてくる。

「来るよ!!」

姉貴が短い叫び声で俺達に知らせてくれた。

俺は、岩陰から少し顔を出し谷の下の方を眺めてみた。下では剣姫様が本来の姿を取り戻して長剣を両手で持ち、体の前に軽く突き刺して上を睨んでいる。セリウスさんは両手に剣を持ち仁王立ちだ。ミケランさんは、俺の対面で岩に張り付くようにして隠れている。

やがて、地面が振動してきた。ドドドドォォっと足音が谷に轟《とどろ》き渡ってすぐに、最初の一匹が俺の前を通った。

大きい……。野牛とカモシカを足して割ったような姿だ。カモシカのような姿だが大きさは牛ぐらい。大きな角が頭の両側から前に張り出している。

そいつらが次々と俺の前を通りすぎる。


ドドォン！

続けざまに爆裂球が破裂する。姉貴の前を通ったということだ。

「ギョオォォーン！」という叫び声が上がる。

ドォン！

爆裂球がまた炸裂した。タグ討伐の時に造った爆裂球付きのボルトをミーアちゃんが使ったようだ。

数分後、獣の大群はほとんど俺の前を通過したようだ。

対面のミケランさんを見ると、こっちを睨んでいる。俺の合図を待っているようだ。

「ウオオォォー‼」

俺は大声を上げて飛び出し、採取鎌を振りかざした。

ミケランさんも「ニャアアァァ‼」って叫びながら片手剣を振り回して飛び出した。

二人で谷底を下った獣を追いかける。

数頭ほど前の獣が、突然倒れた。頭にボルトが深く刺さっている。姉貴のボルトに頭を破壊されたようだ。右側を走っていた獣が倒れて群れの後続に踏みつけられている。よく見ると足に短い矢が刺さっている。ミーアちゃんのクロスボウにやられたみたいだ。

乱杭で足止めされた獣に、俺とミケランさんが後から襲い掛かる。

ミケランさんに目配せすると、俺達は左右に距離を開いた。そして俺が左から、ミケランさんが右から獣に一撃を与える。

「ハアァ！」っと短い叫びを発して飛び上がると、獣の首筋に採取鎌の裏部分で一撃を入れる。その部分は樫《かし》の柄が錬鉄《れんてつ》で補強されているのだ。

ゴン！　鈍い音と共に頸骨《けいこつ》が潰れる鈍い手応えが腕に伝わる。

チラリとミケランさんを見ると、倒した獣の首から片手剣を引き抜いているところだった。

二人で谷を駆け下りながら、次々と獣の首筋に採取鎌を叩き付けていく。

夕暮れが近づいた時には既に動く獣はおらず、谷底にはおびただしい数の獣の死体が満ちていた。

「さて、何と言ったらいいのか……。とりあえず狩りは終了ということでいいな？」

剣姫様の本来モードの姿は獣の返り血で赤く染まっている。セリウスさんに至っては滴《したた》っている。

「はい。これで終了ですね。待っていれば次の群れも来るでしょうが、これだけ狩れば、十分でしょう」

姉貴にしては、謙虚な返事だ。昔だったら獲れる限り獲るって感じだったんだけど、少し心情が変化したのだろうか。

「そうだな。根絶《ねだ》やしにすることはない。これだけでも、昨年の倍以上だ。狩猟期がまだあるが、俺達の狩りはこれで終了としよう」

俺は、坂を上がると、まだ木の上にいるミーアちゃんに作戦終了を伝えた。スルスルと立木を下りて俺達にミーアちゃんが加わった。

セリウスさんと、剣姫様はキャサリンさんが湖から汲んできた水で、ざっと衣服を拭いている。ちょっとした休憩を挟んで、獣達を一箇所に集めることにした。湖で運ぶことを考慮して上の物を下に、という形で一箇所にまとめる。どうやら数十頭を超える数になっているみたいだぞ。


日が暮れ、谷底は真っ暗になってしまったが、光球の明かりを頼りに焚き木を集めて、獣達の集積場所の上下に焚き火を作る。

山全体に何組ものハンター達が狩りをしているのだ、逃げてくるのは草食獣だけとは限らないし、縄張りを荒らされた肉食獣が襲ってくる可能性だってある。

焚き火から五十メートル位の山側に爆裂球で簡単な仕掛けを施す。何か来ればこれが破裂して危険を早期に知ることができるだろう。

焚き火に鍋を掛け、シチューを作り、固焼きの黒パンを齧りながら食べると、久しぶりに暖かい食事をしたって気がする。山の冷えた空気の下で食べるシチューは美味しかった。

その夜、俺と姉貴で焚き火の番をしていた時だった。用心のために谷の上の方に仕掛けた爆裂球が突然、ドオォン！　と炸裂して谷に木霊した。

俺はすぐに立ち上がると坂の上を睨む。姉貴が【シャイン】で光球を作り、坂に沿って山側に飛ばした。

なんと！　そこには、一匹の大熊が立っていた。二本足で歩きながら俺達に近づいてくる。

デカイ……。三メートルを超えている感じだ。姉貴はすぐにボルトを発射する。

シュタ！　と音をたてて飛んでいったボルトが熊の胸に突き立つ。

結構深く刺さっているがまるで意に介さない。十五メートルほどになったところで、グルカナイフを投げた。

ズン！　と奴の腹に刺さった音がグオォォー!!　という熊の咆哮《ほうこう》でかき消される。

とんでもなく頑丈だぞ！

鈍い炸裂音がして目の前の熊が炎に包まれる。シュン！　と熊の首に短い矢が刺さった。

どうやら、皆起きて援護してくれてるようだ。氷の槍が熊の足に刺さり動きが一瞬鈍くなったところに、姉貴のボルトがまた熊の胸に突き立った。

ゆっくりと腰からM29を取り出して、熊を回り込むように移動して連射する。

皆の援護に助けられて、十メートル位の距離から全弾打ち込むと、熊はその場にドサリと倒れ込んだ。

「グライザムか……。何とか仕留めたが、近年にない大物だな」

「大方、他の連中に追いやられたものと思います。グライザムは手強いですから、狩猟連中の嫌われ者です」

「まぁ、無事でよかった。これとやりあって無事なことはかつてなかったことだ」

何か、運が良かったような話をしている。

「この、グライザムって強敵なんですか？」

姉貴も同じことを考えていたようだ。早速、セリウスさんに質問している。

「強敵なんてもんじゃない。ハンター殺しの異名を持つ獣だ。狩猟期に何人かが、これにやられている。俺達のチームも以前こいつにやられた。この獣は、毛皮の密度が高く、そして獣毛も強くてしなやかなんだ。よって、剣の打撃が利きづらく、矢も深く刺さらない。その上凶暴で力が強いときている。クルキュルよりも倒しづらい相手なんだ」

確かに倒せたのは、どうにかだもんな。できれば単独では相手にしたくない獣だと思う。


狩猟解禁三日目の朝が訪れた。

急いで朝食を取り、獲物をイカダに積み込む。何と言っても数が多い。始める前にジュリーさんが【アクセラ】の魔法を俺達に掛けてくれた。これで筋力も二割増しだ。

乱杭周辺に積み上げられた獲物を一頭ずつイカダに積み込んでいく。たちまちイカダが満載になったので湖に出して二台目のイカダに積み込んでいく。それもすぐに満載になった。

急遽、立木を伐採して三台目のイカダを組み、それに獲物を乗せる。

そして、最後にグライザムを皆でイカダまで引き摺って乗せる。カモシカモドキのリスティンが五十七頭。それにグライザムが一頭。これが俺達の戦果だ。

三台のイカダはロープで連結してある。先頭のイカダの後をついてくるので、俺と姉貴、それにセリウスさんとミケランさんが先頭のイカダに乗って棒を櫂《かい》にしてイカダを漕ぐ。

剣姫様達は三台目に乗り、方向の修正だけを行う。これはジュリーさんとキャサリンさんも協力しているみたいだな。

ゆっくりと湖の岸辺を半時計周りに村の方へ漕いでいく。

船ではないから、水を切って進むようなことはできないので、本当にゆっくりした動きではあるが、確実に村には近づいている。


昼頃には谷から遠く離れ、右手には森が見えてきた。森から湖に張り出した枝にイカダを縛って、昼食をとる。もっともイカダの上だから固焼きパンを齧りながら水を飲む程度だけど、ずっとイカダを漕いでいたから、少し休めるだけでも嬉しくなる。

休憩が終わると、またイカダを漕ぎ出す。

一時間程度ひたすら漕いで、短い休憩を取る。何度か繰り返す内に日が傾いてきた。

「この辺りでいいだろう。岸に寄せるぞ」

セリウスさんの合図で俺達は岸辺にイカダを寄せる。俺は、素早くイカダを下りると近くの雑木にロープを結びつけた。岸辺を走り、三台めのイカダから投げられたロープも近くの雑木に結びつける。

セリウスさんが黒球の紐を引いて、球を投げ捨てる。

ボン！　と小さな音がしたかと思うと、黒球から黄色い煙が立ち上がる。

獲物運搬依頼の合図だ。後は、村人が来るのを待つだけになる。


イカダを岸に着けてしばらく待っていると、ガラガラと荷馬車の音が聞こえてきたかと思っていると数人の村人がやってきた。

その中の一人がセリウスさんの所に歩いていく。

「黄色の煙を見てきました。獲物を近場まで運んで頂けるとは、助かります。……ところで、獲物はどこにあるのでしょう？」

セリウスさんの周りをキョロキョロと見ているが、そこには何もないぞ。

「ああ、獲物はその先に止めてあるイカダに積んである。悪いが、荷馬車が足らん。大至急、用意してもらいたい」

村人が二人、セリウスさんの示す湖の岸辺に向かったが慌てて戻って来た。目が開いたままだ。

相当驚いた様子だったが、村人同士でワイワイとひとしきり話し合うと、二人が大急ぎで帰っていった。

「申し訳ありません。あまりの獲物の数に驚きました。至急荷馬車を手配してまいりますのでしばらくお待ちください」

「ここまで来れば、一安心だ。慌てることはない」

村からの小道から岸辺までの獲物運びを考えて、少し離れた所に周囲の粗朶《そだ》を集め小さな焚き火を始めた。

村人を交えて焚き火の周りに座ってお茶を飲む。セリウスさん達はパイプだ。

日が暮れ始めたので、ジュリーさんが光球を上げて俺達の周囲を照らし出す。

しばらく待つと、ガラガラと多数の荷馬車の音が近づいてきた。

「とりあえず、ありったけの荷馬車を持ってきました。それと、これが番号札になりますので、鑑札の番号を記入してください」

セリウスさんは紐が付いた木片を大量に受け取った。それに別の村人が渡した矢立見たいな物を使って、鑑札番号を次々に書いていく。

そんなことをしているうちに、イカダから獲物が荷馬車に積まれていく。

「ミケラン。頼む」

番号の書かれた木片をセリウスさんはミケランさんに手渡した。

「はいにゃ。ミーアちゃん、一緒に行くにゃ」

ミケランさんはミーアちゃんを連れて荷馬車の方に出かけてった。

「あれは、私達の獲物だと表示した木片よ。村に着くと同時に商人達がセリを始めるの。その落札金額は責任を持ってギルドが管理してくれるわ」

ジュリーさんが教えてくれた。

ハンターがセリに関与せずともギルドが一括して代行してくれるようだ。俺達も場所が場所だからここまでイカダで運んだけど、山の方なら村人がエンヤコラって運んでくれるみたいだ。

あれ、村人が運ぶのは無料じゃないよね。その辺はどうなってるんだろう。

「村人による運搬費用やセリの管理費ってどうなってるんですか？」

セリウスさんに聞いてみる。

「セリによる落札金額の三割は税金のようなものだ。ギルドに一割、運んだ村人に一割そして国庫へ一割が配分される。残りの七割が我々の取り分だ。だから、村人は狩猟期には交替で見張りに立ち、煙を見つけると順番に運搬にやってくる。獲物の量が多ければ村人の取分も多くなるので喜ばれる」

「それだけではないぞ。国庫に入る金額の二割は村に還元される。村の長老達が責任をもって、それを村人に還元するのじゃ。その金でこの村は冬越しの食料を手に入れる。だから、この狩猟期の二十日間は村に最も金が入る時期なのじゃ。商人もその辺に抜かりはない」

剣姫様が補足してくれる。なかなか考えてるな。

そんなところにミーアちゃんが駆けてきた。

「ミケラン姉さんが、札が足りないって言ってた」

ホイってセリウスさんがミーアちゃんに札の束を渡す。それを受け取ったミーアちゃんは急いで戻っていった。

それにしても……、ミケランさん。いつの間にか姉さんって呼ばせてんだな。

「おい、もっと人がいるぞ。このグライザムは大物中の大物だ」

岸辺で村人の怒鳴り声が聞える。

「どれ、手伝ってくるか。キャサリン、もう少し札を作っておいてくれ」

そう言ってセリウスさんは村人の運搬を手伝いに出かけた。急いで俺も後を追う。

最後尾のイカダから六人掛かりで、転がすようにグライザムを荷馬車に積み込む。セリウスさんが持ってきた札を前足にしっかりと結びつけた。

村への小道まで皆でエンヤコラと荷馬車を押していき、小道からは四人で荷馬車を押していった。

俺達が休んでいる焚き火の所に一人の村人がやってきた。

「獲物は全て積み込みました。村に戻られてもだいじょうぶです」

「ありがとう。それでは、村に帰るぞ！」

セリウスさんの一言で俺達は焚き火を消して、光球で足元を照らしながら村に戻っていった。

村の北門に近づくにつれ村の広場で繰り広げられているセリの喧騒が聞えてくる。日もとっぷりと暮れているのに光球が広場に幾つも浮かべられて真昼のような賑わいだ。

北門をくぐった時に大きな木の板が目に入った。鑑札の番号と獲物のセリの結果がそこに張り出されている。

俺達の番号にはまだ金額が張り出されていない。セリが終わっていないのか？

少し進むと、杭を打ち、それにロープを張った半円形の急造市場に大勢の商人が集まっている。その中央には荷台に乗せられたリスティンが四頭乗っている。その足には俺達の番号札が下がっていた。

「9じゃ！」「10でどうだ」

「11！」「12だ!!」

「12以上はありませんか？　……それでは12で十九番が落札です」

なんか威勢よく数字が飛び交ってたけど……。何だろう？

「あれは、私達の獲物のうちの四頭が銀貨十二枚で落札された、ということです」

ジュリーさんが親切に教えてくれた。

四頭で十二枚ってことは……五十七頭だから少なくとも銀貨一八一枚！　とんでもない金額だぞ。

他の獲物も、大体一頭あたり銀貨四枚前後で取引されていったが、グライザムが荷馬車に乗って現れた時、会場が一瞬静寂に包まれた。


「50！」

「そんな額じゃ頭一つにもならんわ。一本じゃ！」

「二本でどうだ！」「三本!!　これで俺のものじゃな」

「三本と70!!　……もういまい！」「四本！」

「四本以上はありませんか？　……それでは四本で二十一番が落札です」


なんか分からなくなってきたぞ。一本って何だ？

「あれは、金貨でセリ合っていたんです。金貨四枚でグライザムが落札されたようですね」

金貨四枚って、銀貨四〇〇枚ってことだよな。俺達とんでもない金持ちになったぞ。

しばらくして俺達の獲物のセリの結果が出た。何と、７２３００Ｌ。

門の掲示板の所に戻ってみると、俺達の金額が突出している。他のチームは大体、２０００Ｌから４０００Ｌってところだ。

「おいおい、セリウス。どこでそんなに稼いだんだ？」

俺達の所に寄ってきたのはアンドレイさんだった。

「グライトの谷で待ち伏せしていた。リスティンが五十七、それにグライザムはオマケだ」

「五十七頭だと！　……お前達が去年網を張った場所は、四つのチーム合わせても、四十頭足らずだ。待てよ。お前らそれをどうやって運んだ！　あの谷から獲物を運ぶには一旦、山を登る必要がある。そうするとここに着くのは後三日ほど必要になるはず……」

「湖にイカダを浮かべて運んだ。……さっき着いたばかりだ」

一瞬、アンドレイさんは驚いたようだったが、すぐに表情を元に戻した。

「お前の発案ではないな。姫さんか？」

「そんなところだ。今期の山での狩りはこれで終わりだ」

「まぁ、それだけ稼げば十分だろう。だが明日からどうする。まだ狩りは長いぞ」

「近場で、こいつ等に狩りを教えるさ。幸いこの村の周辺はラッピナが豊富だ」

「あまり、狩場を荒らさないでくれよ。じゃあな」

アンドレイさんが去っていくと、俺達を遠巻きにして二人の話を聞いていたハンター達も去っていった。

「昨年以上の獲物の数だ。他のハンターも興味があったのだろう。さて、帰るとするか」

帰って食事を作るのも大変だ。ということで、途中の屋台で串焼き肉と軽く焼いた黒パンをたくさん買い込んだ。

暖炉に火をおこして、お茶を沸かして遅い夕食を取った。何か、狩りよりもイカダを漕ぐのに疲れたような気がするな。

疲れた体にジュリーさんが【クリーネ】を掛けてくれた。後はロフトに上がって横になるだけだ。

ユサユサと体を揺すられる。

「起きて！　起きて！」

この声は……、ミーアちゃんだな。

「おはよう！」

俺は上半身を起して、ミーアちゃんに挨拶すると、服を着てロフトを下りる。

ん？　何か知らない人が来てるけど……とりあえず、裏の井戸へ顔を洗いに家を出る。

バシャバシャと顔を洗い、すっきりした表情でリビングに戻ってきた。

「おはよう。遅かったわね。……ここに座って！」

姉貴に言われるままに、姉貴の隣に座る。

対面の席には、ジュリーさんと、見知らぬ中年の紳士だ。誰だろう？

「はじめまして。私は、トリスタン・デ・モスレム。そこにいるアルテミアの兄だ」

「アキトです。あのう……、ということは？」

「この王国の次期国王よ、アキト。失礼がないようにね」

姉貴に小声で言われてしまった。俺としては姉貴の方が心配だぞ。

「あのう……、この国の偉い人が、俺達の家に来る理由が分からないのですが」

「今朝早く、この村に視察に来てね。早速掲示板を見たのだが、そこに驚くべき数字が書いてあった。ギルドの者に確認したところ、間違いない数字ということだ。すぐにメンバーを確認してここにいるというわけだ。詳細はジュリーからさっき聞いたが、信じられないような話だった」

そう言って、ジュリーさんがカップに注ぎ足したお茶を、美味しそうに飲んでいる。

でも、そういう話なら妹の剣姫様に聞くべき……と考えて剣姫様を見ると、いつもの位置に三人が座っている。

ん？　ミケランさんじゃないよな。

「ここに来たのは、妹に娘を一時託したかったのだが、……気が変わった。ミズキ殿とアキト殿に娘のサーシャを一年預かって欲しい。意表を突く作戦。使える者を最大限に活用する用兵術。王都にはそれだけの人材はいない。それに少し西がきな臭くなっている。一年で結果は出ると思うのだが……その間預かってもらえぬか」

娘って……、暖炉を見るとミーアちゃんの隣に、剣姫様によく似た少女がペタンと座っている。

「私達はハンターです。いつもここにいるとは限りませんし、一斉召集には応じなければなりません。その時は王女様の警護ができなくなります。そのお話は……」

「もとより承知、それでもだ。王都で深窓《しんそう》に篭《こ》もることなく、自然の中でたくましく育てたいと思う。怪我をするのも経験の一つだ」

「分かりました。一年お預かりしましょう。でも、期待はなしですよ」

「ありがたい。……少ないが、これは報酬だ」

次期国王は革袋をドサっとテーブルの上に置いて、姉貴の方に押してきた。

「報酬はいりません。王女様に自分で稼いでもらいます」

姉貴は、そう言って革袋を押し戻した。

「そうか……。では、貸し一つを作ったことにする」

そう言うと、体を捻るようにして暖炉の方に顔を向ける。

「サーシャ……。では、一年間ここで暮らすのだよ。来年の狩猟解禁の時に迎えに来るからね」

ミーアちゃんの隣の女の子がこちらを振り向いた。

金髪巻き毛が可愛い西洋人形みたいな女の子だ。歳は、ミーアちゃんと同じくらいかな。

「分かったのじゃ。ここで、おとなしく待っているのじゃ……」

ん？　……おとなしく？

こういうことを言う娘は、お転婆娘と相場が決まっているぞ。

「では、後を頼む」

そう言うと、次期国王は席を立ち、家の扉を開く。

何と、扉の外には立派な騎士が控えていた。騎士達はトリスタンさんを前後に挟んで通りへの石畳を歩いていった。


そんな訳で、俺達の仲間が一人増えたけど、さてどうなることやら心配だな。

俺達がトリスタンさんの見送りを終えて家に入ると、暖炉の前でポテンって座っていたゴスロリの女の子がスタっと立ち上がり、トコトコと歩いてきた。

「しばらく世話になる。サーシャという。お前達に国法は通じぬ。気軽にサーシャと呼ぶがよい。……それと、この服はイヤじゃ。アルト姉様のような服が良いのじゃ」

おお！　……早速始まったぞ。

これが有名なワガママ娘というやつだ。これは結構楽しいことになりそうだ。

「では、雑貨屋さんに行きましょう。その他に欲しいものがありますか？」

ジュリーさん……。その態度は、まるで子供に甘いお母さんです。

俺がそんなことを考えてると、サーシャちゃんとミーアちゃんを連れて、ジュリーさんが家を出ていった。


「二人でだいじょうぶかな？」

「ジュリーが一緒なら心配要らぬ。ああ見えても黒八つ。護衛には十分じゃ」

心配する姉貴に剣姫様が太鼓判を押してるけど、ジュリーさんって強かったんだ。

「ところで、サーシャがここにいるのなら、我等もここに厄介になるぞ。……心配は無用じゃ。生活費くらいは出すからのう」

「もともとこの家は剣姫様の家ですから、その辺は気になさらないでだいじょうぶです。でも、先ほどトリスタン様がおっしゃったことが気になります。西がきな臭い……。戦ですか？」

「アルトで良い。戦にはならんと思うが……、策略は必要だろう。兄様もサーシャに害が及ばぬようここに置いたのじゃ」

「それなら良いのですが……」

「心配するに及ばず！　……それより、ギルドに出かけるぞ。あれだけの獲物じゃ。お前達のレベルは上がっているはずだ。それと、少し銀貨を持ってゆけ。移動神官が兄に同行しているはずじゃからな」

そんな訳で俺達はギルドに出かけた。

ギルドの扉を開けると、さっきの三人がいる。

「サーシャ。ギルドに何用じゃ？」

「アルト姉様と一緒の、ハンターになろうと……」

サーシャちゃんが俯き加減に剣姫様――これからは一緒に住むんだからアルトさんでいいか――に告げる。

「我がハンターとなったのは丁度サーシャの年頃じゃ。……許すぞ！」

え？　王国を背負ってるんじゃないのか？　そんなんでいいの？

「はい。これがカードです。所属は『ヨイマチ』でいいのですね？」

「構わぬ。……ほう、これがハンターのカードじゃな」

サーシャちゃんはギルドカードを持って喜んでる。だが、ちょっと待った。ヨイマチって俺達のチームの名じゃないか！

「ふふ……。これで、ミーアと一緒じゃな。よろしく頼むぞ！」

少し理解してきたぞ。要するにミーアちゃんと一緒のカードが欲しかったようだ。姉貴も、『責任重大だわ』なんて言ってるけど、顔がにやけてるぞ！

ギルドのお姉さん、シャロンさんにギルドレベルの確認をしてもらった。

姉貴が黒三つ。俺も黒三つだ。ミーアちゃんも赤九つに上がってた。アルトさんは銀三つのままだな。

「銀クラスともなるとなかなかレベルは上がらぬものじゃ」

そんなことを呟いている。

移動神官についてシャロンさんに聞いてみると、滞在しているとのこと。早速、魔法を追加することにした。

俺が、お湯を出す【フーター】と魔法強化の【ブースト】。姉貴が物を清浄にする【クリーネ】と【メル】それに【ブースト】。ミーアちゃんが【クリーネ】と【アクセル】だ。ついでに効率は悪いけど【サフロ】も覚えてもらう。

魔法の伝授はやはりビリッてきた。上位魔法はこの比ではないと笑われてしまったが、こればかりは仕方がない。

でも、【フーター】ってお湯を出すだけだよな。……これってハンターに必要なのだろうか？

ミーアちゃん達はジュリーさん監督の下に雑貨屋さんに出かけた。俺達は家路を辿《たど》るついでに、北門の賑わいを見に行った。

セリが進んでいるが、俺達が獲った獲物よりも少し小ぶりのようだ。威勢のいいセリの声も5から9くらいで取引が進んでいる。昼食用に屋台で焼肉を買い込み、家に戻っていった。

家に戻ると暖炉の前に行き、ドタって横になる。クッションを枕にすると丁度具合が良い。

「これ！　こんな所で横になるでない。我が、足を伸ばせぬではないか！」

アルトさんが怒っているけど、その怒り顔は微笑ましいぞ。

とりあえず足をずらして、アルトさんの座る場所を開けると、ポテっとアルトさんがクッションに座り込んだ。

「ついでに、御主の顔の部分はミーアの場所だ。胴の部分はサーシャが座ると思うぞ」

いつの間にか領土ができていたらしい。せっかく寝転ぶためにこの毛深いカーペットをここまで運んだのに。

そんな訳で、寝返りを打つようにテーブル方向へ撤退した。


タグの前足が俺を拘束し、その牙で俺の頭を砕こうとしている。

思わず身を捩るがタグが俺をしっかりと押さえつける。……動くのは頭だけだ。必死に頭を振ってみたものの、タグの牙が俺に迫り……目が覚めた！

「だいぶうなされておったが、目が覚めたか。どんな夢を見ていたのじゃ？」

「タグに押さえ込まれて食われる夢を見てた。……あれ、まだ拘束されてるぞ！」

アルトさんにそう答えて起き上がろうとしたが体が動かない。

頭を起こすと、その原因が理解できた。ミーアちゃんとサーシャちゃんが俺に寄りかかってお昼寝中なのだ。

これが、悪夢の原因でもあるみたいだけど……。俺が無理に起き上がるとボテって倒れる可能性が高い。さて、どうする？

「そのまま寝てなよ、アキト。今日は特にやることもないし」

姉貴はそう言ってるけどね。

「そうそう。サーシャちゃんがミーアちゃんと同じクロスボウが欲しいって言ってたわ。……何とかならないかな？」

「う～ん。材料と加工できる職人がこの村にいるかが問題。キャサリンさんに聞いてみるよ」

「我も、クロスボウには興味あるぞ。二挺《ちょう》も三挺も変わらんじゃろ。頼んだぞ！」

アルトさんも欲しいようだ。船も作りたかったんだけどね。

「分かった。でも、家具職人がいないとどうしようもないよ」

アルトさんが、ミーアちゃんとサーシャちゃんをクッションごと俺から退けて、俺を解放してくれた。拘束されてた体を伸ばすとボキボキと音がする。

テーブルに着くと、ジュリーさんが「ご苦労様でした」と言いながらお茶を淹れてくれた。アルトさんも暖炉からテーブルに移ると、さっきの話を続ける。

「簡単な図面を書けば、王宮職人がそれを作るぞ。寸法、重さ等は、我が入れよう」

すると、姉貴は「はい！」ってノートと鉛筆を取り出した。

クロスボウを王国の武器にするわけにはいかないので、クロスボウの構成部品を個別に作図する。

今回のクロスボウは姉貴のと同じような滑車連動式のコンポジットクロスボウだ。部品が多いことから、これで最終組立て形態が想像できるものはいないだろう。俺ができるせめてもの安全策だ。

「だいたいこんな形だな。ここに書いてあるのが、必要な数だ。ちょっと、姉さんクロスボウ借りるよ！」

アルトさんの前に図面を広げ、姉貴のクロスボウのどの部分に当たるかを細かく説明する。

木造にする部分、金属製の部分、弓の部分については弓兵の持つ最強の弓を要求しといた。それでも、滑車の原理で引く力を半分にすることができる。

「これも、お願い！」

姉貴が差し出した図面は、姉貴が使っているボルトケースの変形版だ。十二本のボルトと二本の爆裂ボルトが収納できる。

「となれば、これもいるな」

俺は専用のボルトを簡単に描いた。もっとも、爆裂ボルトについては先端部の爆裂球を取り付けられるようにヤジリ部分を描いていない。

アルトさんは俺と姉貴に細かく質問しながら図面に注釈を加えていく。

ひと段落すると、ジュリーさんに図面を丸めて渡す。

「我の考えも入れてある。大至急、王都に使いを出してこの部品を製作させるのじゃ」

「王宮職人を動かすとなれば、大金が動きますが……」

「我の資金を使え！」

「それでは……」簡単な挨拶をして、ジュリーさんは出ていった。

「心配するな。ギルドに行っただけじゃ。我の命でサーシャのオモチャを作るだけじゃ。な〜に、すぐに部品は届くはずじゃ」

いいんだろうか。王宮職人って言ったら、ひょっとして、人間国宝並みの技術を持ってる人じゃないの？


そんな話をしていると、ドンドンと扉を叩く音がする。

急いで扉を開けると、セリウスさんとミケランさんが立っていた。

早速、テーブルに案内して、姉貴が二人にお茶を入れる。

「今日は、皆休みだな。……ところで明日の予定はあるのか？」

「ありません。ひょっとして、再度狩猟ですか？」

「いや、これ以上山で狩るとハンター仲間の顰蹙《ひんしゅく》を買う。そこでだ。ちょっとしたギルドの依頼があるのだが、ちびっ子に丁度いいと思ってな」

「家にいるのも退屈でしょうから、安全ならば賛成しますけど……」

生き物だ？

「ステーキを獲る！」

「そうにゃ。焼いたステーキは美味しいにゃ」

ちょっと待て！　ステーキって焼くもんだろ。あえて焼くということは、……二度焼きなのか？　いや、ステーキという別の食材も考えられる。この場合たぶん後者だろう。だとすれば、どんな生き物だ？

図鑑で調べてる姉貴の後ろから、該当部分を覗き見る。

ロブスターみたいだ。……大きさも俺の知ってるロブスターと変わらない。これなら、ハサミでパチッとやられない限りだいじょうぶだ。

「用意するものはありますか？」

「丈夫な糸がいるな。それも俺が持っている。明日の朝ここに寄るから昼飯と大きなカゴを用意しておけ」

ひょっとして、ザリガニ釣りをするようにして捕らえるのかも？

子供の頃に姉貴に連れられてやったことがあるけど、あれは面白かった。

「俺にもできますか？」

「ああ、皆でやるのだ。一匹、５Ｌ。額は少ないが、屋台から至急調達してくれとの依頼だ」

「村人向けですよね」

「通常ならな。だが、この期間は村人は狩猟の補助や屋台に忙しい。子供でさえ屋台を手伝っている。この依頼をこなす者がいないのだ」

「分かりました。明日お待ちしてます」

そんな訳で、俺達はステーキ獲りをすることになった。

俺の釣り好きも、あの日姉貴とやったザリガニ釣りが原点のようなものだ。ここは、釣師アキトの面目にかけて、ちびっ子どもに俺の技を見せ付けてやろう。

そうすれば、尊敬の意味を込めて、暖炉前のカーペットの領土を少し分けてもらえるかもしれない。


次の日の朝。朝食を早めに済ませ、ジュリーさんと姉貴がお弁当の黒パンサンドを作っている。

俺は、嬢ちゃんずの装備をチェックしてるんだけど……。何で、アルトさんが一緒にいるんだ？

銀三つだろ。それに俺よりずっと年上のはずだ。

「御主、今変なことを考えなかったか？」

アルトさんの獲物を狙う目に、ビビッた俺は首をブンブンと横に振る。

縦にでも首を振ろうものなら、俺の体は一瞬で左右に分かれているだろう。

「今日は使わないかもしれないけど、ハンターたるもの、剣は常に携帯だ。備えあれば憂いなし！うん。皆持ってるね。あとは、カゴだけど俺の勘では桶も持っていった方がいいと思う。以上だ」

「「はい！」」

嬢ちゃんずは外に飛び出した。インディアンガールルックだし、ブーツは履いてるから、あんな感じでだいじょうぶだろう。

「はい。ご苦労さまでした」

疲れてテーブル席に座った俺に、ジュリーさんがお茶を淹れてくれた。

「アルト様のはしゃいだ姿なんて何年振りでしょうか？　今のお姿では初めてかもしれません。『どうしているか見に行ってみよう！』と王宮を後にしたのですが、来て正解でしたわ」

「あの長剣を抜かないと、元に戻れないんですよね？」

「そうです。対戦する相手を幼い姿に変化させる。そして、赤子を捻《ひね》るようにいたぶりながら殺す……。魔族の考えそうな魔法ですが、その変化が永続するとは思いませんでした。御労《おいたわ》しいことに、長剣を持った時の二十歳の姿も、普段の十二、三歳の姿も十年前から変わっておりません」

え！　では、アルトさんの本当の歳は三十歳ということになる。

オバさんだ……。

ヒュン！　……シュタ!!

俺の目の前のテーブルにナイフが突き刺さった。

「何か、変なことを考えなかったか？」

扉の所でアルトさんが、ナイフを片手でお手玉しながら俺を睨んでいた。

ここで、下手なことを言ったり思ったりした途端、あのナイフが俺に向かってくるのは確実だ。

「何でもないですよ。アルトさん。……ジュリーさんと昔話してただけですから」

「なら、良いのだが……」

そう言って、扉をバタンって閉めた。

冷や汗がどっと流れる。アルトさんに歳の話は厳禁なようだ。

「でも、いつもあの長剣を背負っているのは大変ですね」

「魔法……いや呪いに近いものです。前にお話ししたかと思いますけど、魔道具により限定した時間であれば可能です。でも、それすら魔法を受けた年齢に戻れるだけですが……」

「魔道具って？」

「魔法を発動したり、増幅したりするものです。私の杖も増幅の効果を持つ魔石と樹齢五〇〇年の老木で作った魔道具です。アルト様の場合は解呪《かいじゅ》の為の魔道具でラビスと呼ばれる魔石と真鉄が必要なのですが、ラビスが比較的容易に手に入る半面、真鉄は精製が極めて困難です。王宮の宝物庫に有った長剣が、王国内で最も品質が高かったので、以来それを使っているのです。短くすることも可能ですが、アルト様が国の宝物だからと言われまして……」


なるほど、だから引き摺るような長剣を背負ってるんだ。

国宝ならなるべく原型を保ちたいものな。でも、あの長剣で獲物をバタバタ斬っていたけどね。

それに真鉄とは、ちょっと厄介だな。この世界は中世以前って気がするし、碌《ろく》な製鉄技術もないんじゃないかな。皆、俺のグルカナイフ見てびっくりしてたし……。

ちょっと待てよ！

「ジュリーさん。鉄の品質が問題で、量が問題じゃないんですよね？」

「はい。ナイフ程度の量で十分です。でも、その量ですら品質を上げることが困難なんです。アルト様の長剣はドワーフの作り上げた物ですが、ドワーフの一族は遠くに去っていきました。王国にも何人かはドワーフがおりますが、彼らの技量は古の技にまで達していません」

「姉さん。クナイを一本譲ってくれないかな?」

「良いわよ。アルトさんに使うんでしょ。はい!」

どうやら、俺達の話を聞いていたらしい。姉貴はすぐにクナイを一本テーブルの上にそっと置いて立ち去った。

「これが使えるんじゃないか、と思うんですけど……」

そう言って、クナイをジュリーさんに渡した。

ジュリーさんは見慣れないナイフをそっと受け取り、その刃先を見て驚いた。

「これは!　この波型文様は……。この職人はどこにおいでですか?」

「これを作った職人はもういません。唯のナイフですが、ダマスカス鋼でできてます。錬度は極めて高いですよ」

「王都の学院の古い書物に、記載があります。剣で最も優れたものには湖の岸辺に打ち寄せる波が自然に現れる。……これのことを言っているのですね」

刃先を見てうっとりしているのはどうかと思うな。

「本当に頂いてよろしいのですか?」

「姉貴は良いって言ってるし、後何本かは持ってるからだいじょうぶですよ」

俺の言葉に、ジュリーさんはハンカチを取り出して丁寧にクナイを包んだ。

「申し訳ありませんが、至急王都に帰還します。アルト様には七日以内に戻る旨、お伝え下さい」

そう言うとそのまま、家を出ていった。王都で魔道具の製作を行うのだろう。でもあのサイズなら、アルトさんもアッチコッチ引っ掛かりながら歩くこともないだろう。

「何か凄い勢いでジュリーが走っていったが、何があったのじゃ？」

アルトさんが扉を開けて入ってきた。

「姉貴のクナイをあげたら王都に帰るって言ってた。七日で戻るそうだけど……」

「クナイ？　初めて耳にするぞ。どんなものじゃ？」

姉貴が腰のバッグから一本取り出してアルトさんに手渡した。途端にアルトさんの目が険しくなる。

「出どころは聞くまい。ダマルカス……伝説の錬鉄じゃ」

ダマスカスだよな。こっちではダマルカスっていうのか。

「理解した。魔道具の製作じゃな」

そう言うと姉貴に、クナイを返す。


「「セリウスさん達が来たよ!!」」

外にいた二人が扉を開けて俺達に告げた。

ちょっといろいろあったけど、今日はステーキ獲りの日だ。感傷に浸《ひた》らずに楽しくやろう。

皆外で待ってるようなので、急いで家を出る。

セリウスさんが大きなカゴを持っている。ミケランさんは手ぶらだ。ミーアちゃんは手桶を入れた小さなカゴを背負って、サーシャちゃんと並んでた。

「んむ？　……ジュリーはおらんのか？」

「ジュリーさんは急用で王都に出かけました」

「はて？　まぁジュリーのことだ。剣姫を残したとなると、大事とも思えんが」

姉貴の答えに首を傾げていたが、急に俺の肩を叩いて、「期待しているぞ！」と言う。ミケランさんに何を吹き込まれたんだろう。

「良かった。皆さんまだいらしたんですね」

通りから小道を走ってきたキャサリンさんが息を切らしながら言った。

パンツルックに革の上着でブーツに小さなカゴを持っている。

「昨日、ミケランさんから誘われて、行くのだったらご一緒しようと、ついでに薬草採取もしようと、この格好で来たんです」

「人数も揃ったし、それでは出かけよう」

俺達はセリウスさんの後を付いて今日の漁場に急ぐことにした。

通りを北門に向かって歩くと、すぐに三叉路に出る。左に曲がると簡単な門にぶつかる。

門番にステーキ獲りだと話すと、すぐに通してくれた。荷馬車が辛うじて通れるくらいの門だけど、ちゃんと門番がいる。それだけ、物騒だということなのかも知れない。

門を出ると、南に真っ直ぐな小道が続いており、両側には畑が広がっているが、収穫時期が終わった畑には作物は見当たらない。

マケトマム村の畑みたいに、小道には定期的に十字路がある。その三つ目で今度は左に曲がった。

「ラッピナ狩りは、この先の荒地でやったのよ」

姉貴が道を曲がりしなに教えてくれた。

しばらく進むと、畑がなくなり、荒地になってきた。低い潅木と繁みが点在している。

更に進むと、水の流れる音が聞こえてきた。

緩い下り坂を下りはじめると、潅木が林の様相を見せる。

そして、ついに俺達は目的地に着いた。


そこは大きな淵《ふち》だった。リオン湖からの流れが滝のように淵に落ちている。もっとも、落差一メートルにも満たないけれど、一応滝には違いない。

淵の大きさは直径五十メートル位ある。淵の外れから、急流になって川が流れている。

これなら、ステーキだけじゃなくて魚も狙えると思うぞ。

「身長の二倍ほどの竿を作ってくれ！」

セリウスさんの指示で、近くの林から数本の木を切り出した。

余分な枝を払うと、早速セリウスさんが竿にタコ糸みたいな糸を結びつけた。竿の長さよりやや短く糸を切ると、小さな乾《ほ》した魚を結わえ付ける。

「こんな感じだ。竿の数だけ作ってみろ！」

仕掛けといい、餌といい、まるでザリガニ釣りだ。サッサと五本の仕掛けを作った。

ミーアちゃんとサーシャちゃんに一本ずつ渡すと、アルトさんも手を出してきた。しょうがないなぁって思いながらも、「はい！」って渡すと、岸の傍で三人とも俺を見ている。

「早く、教えるのじゃ。皆待っておるぞ！」

アルトさんが怒ってる。ちょっと理不尽さを感じたけど、竿を振って餌を遠くに投げ入れた。

「ほら、こうやって竿を上に上げるように振ると、餌が遠くまでいくだろ。そしたら、こうやって糸を張るように竿を固定して置くんだ」

最後に竿尻を大きな石の間に固定して見せた。

簡単だからな。三人が適当に仕掛けを投入した。後は、ジッと待つだけなんだけど……。

「終わったか？　ミケランとミズキにも頑張ってもらうとして、お前には魚を釣ってもらおうと思っている」

「えっ！　ここにいるんですか？　……確かにいいポイントですけど」

「黒リックがいるはずだ。リリックほどではないが串焼きにすると美味い」

早速、腰のバッグから袋を出して、中の釣竿とタックルボックスを取り出す。餌は姉貴に訳を話すとハムを薄く一枚切ってくれた。

姉貴達は近くに薬草取りに出かけるそうだ。川沿いで冬のシモヤケやアカギレに利くウィントという薬草が取れるってキャサリンさんが言っていた。


嬢ちゃんずに邪魔されないように、少し川上に行って、滝の落込み付近を狙う。

ひょんっと仕掛けを入れると、すぐにあたりが出る。浮の引き込みに合わせて手首を返せば、最初の一匹が手に入った。

近くの小枝を折り、鰓《えら》に通して、水辺に置く。そして餌を付けると、また仕掛けを投げ入れる。

セリウスさんの所に戻ってくると、戦果を手渡す。

「ほほう……、随分な成果だな。まだ、ミズキ達は戻らん。少し休め」

そう言って、黒リックを串に差すと、焚き火で炙《あぶ》り始めた。

「ところで、彼女達の方はどうなんですか？」

「まぁ、見てみろ。……面白いぞ！」

見ていると、サーシャちゃんの竿がグイグイと引かれ始めた。

慌てて竿をサーシャちゃんが掴み、サーシャちゃんの腰をミケランさんが掴む。

そのまま、二人で少しずつ後に下がり始めると、ミーアちゃんが太い棒を持ってきた。

アルトさんは細い枝を折り曲げた火バサミみたいなものを持っている。

サーシャちゃんが二メートルほど後に下がると、グイグイ引いている竿を一気に持ち上げた。

バシャ！　とステーキが水中から飛び出した。しっかりと餌の魚を両方のハサミで掴んでいる。そのまま地面に上げると、ミーアちゃんが後からそ～っと近づいて、ステーキの頭をポカリ！と叩くとステーキが餌からハサミを放した。最後は、アルトさんが細い枝の火バサミで、ステーキの甲羅を掴んでカゴにポイ！

「見事な連携だ！」

「見てて、飽きないだろ」

「確かに……」

嬢ちゃんずは、俺達が見ている間にも次々とステーキを釣り上げていった。

焚き火にポットを掛けてお茶を沸かす。そろそろお日様が真上になる。姉貴達も帰ってくるだろう。

嬢ちゃんずはミケランさんを交えて、ワイワイ言いながら次々とステーキを釣り上げている。この分だと二十匹以上は確実だ。

そんなところに姉貴達が帰ってきた。キャサリンさんのカゴには一杯薬草が摘んである。

「こっちはたくさん取れたよ。アキトの方はどうなの？」

姉貴が俺の隣に座って聞いてきた。俺は、黙ってミーアちゃんを指差す。

姉貴がミーアちゃんを見ると、丁度ステーキの頭をポカリってやったところだった。

「面白い！　いっぱい獲れてるんだね」

「後で姉さんも参加してみるといいよ。でも見てる方が面白いかもね」

そんなことを言いながら昼食の準備に取り掛かる。

少し焚き火から離れて場所を空ける。セリウスさんが持ってきた古いカーペットを広げて二つに折って並べる。三枚使って焚き火を囲めば、皆で座ることができる。

ポットに水を足して改めてお茶を沸かすと、姉貴がバッグに入れてきた魔法の袋から、黒パンサンドをたくさん取り出した。

「ミケランさん。お昼ですよ！」

「分かったにゃ。……皆、ここでお昼にゃ。竿をこっちにまとめておくにゃ、餌を入れとくとステーキにみんな取られちゃうにゃ」

ミケランさんの指示に「は～い！」と、嬢ちゃんずが返事をして竿を片付け始めた。

焚き火の傍にトコトコとやってきて座ると、姉貴達が黒パンサンドとお茶を配って、俺達は昼食をとる。

「こんな面白いことは、王宮ではなかったぞ。アルト姉様、なぜ早く教えてくれなかったのじゃ」

「小さかったからな。これからは毎日がこんな暮らしじゃ。不便じゃが、王宮では味わえん自由がある」

小さい子同士の話じゃないような気がするけど、王宮だと行儀作法に煩《うるさ》いのかも知れないな。意外とアルトさんもそれが嫌でハンターをしてるのかも知れない。

黒リックの串焼きも美味しかった。ただ塩を振って遠火で焼いただけなんだけど、やはり皆でこうして食べるのが美味しい秘訣かも知れないな。

サーシャちゃんだって、普段は料理人のちゃんとした献立を食べていて舌は肥えているはずなんだけど、美味しいって骨まで食べてる。

ミーアちゃんを真似てまる齧りなんだが、喉に刺さったら大変だと思ってるのは俺だけか？

食事を終えると、俺達は村へと引き上げることにした。面白いと思うところで止めるのが良いんだよな。


夕食に暖炉で焼いたステーキも絶品だった。前の世界で食べたロブスターよりも甘みがあるように思える。もっとも、新鮮なのと、ミケランさんが入念に焼いてくれたお陰かも知れないけどね。

そして就寝前に一騒ぎ、サーシャちゃんが三人で寝るって言い出したのだ。アルトさんが出した結論は、隣の部屋からベッドを運んで三台を並べるというものだった。皆が帰った後だったので、俺と姉貴でベッドを運ぶとすぐに三人は寝入ってしまった。

ジュリーさんが帰ってきた時は、隣の部屋にあるベッドで寝てもらうしかないと姉貴が言っていた。

俺には、ロフトに寝るのが姉貴と二人だということの方が問題だ。眠る前に寝入った姉貴をうかがうと、ミーアちゃんと一緒じゃなくてちょっと寂しそうな表情をしていた。

3話

The 3rd STORY

Under the Yggdrasill tree

ログハウスを作ろう

嬢ちゃんずとの、暖炉前の領土を巡る争いを一週間ほど続けている時に、ジュリーさんが王都から帰ってきた。行きは商人の馬車を、帰りは馬を利用したとのこと。その行動力には感心してしまう。

俺達が見守る中、ジュリーさんは三十センチほどの細長い包みを取り出してテーブルにそっと置いた。布に包まれたそれを開けると、中には木製の小箱が入っている。

小箱を開くと、蒼い宝石で飾られた短剣が収められていた。

「これか……。魔道具なのだな?」

アルトさんが恐る恐る手を伸ばしてそれを掴む。

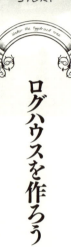

「はい。大神官様が魔道具として祝福を与えました。解呪魔法が少しの魔法力で行使できるとのことです」

ジュリーさんが、魅入られたように短剣を見つめているアルトさんに答える。

左手で鞘《さや》を掴み、右手で短剣の柄《つか》を掴むとゆっくりと短剣を引き抜いた。短剣の刃から光りの波紋が眩しく広がり辺りを包む。

やがて、その光りの波紋が収まると、妙齢の美女がそこに現れた。

皆一応に息を呑む。

「お姉ちゃん綺麗……！」

アルトさんが微笑みながらミーアちゃんの頭を撫でる。

「どうですか？　……異常はありませんか」

「ああ……問題ない。なるほど、魔力を全て行使する必要もないようだ。これで、本来の戦いができよう」

この状態で、戦いかよ！　という思いは、俺の心にしまっておこう。

「でも、短剣を持っては、長剣が使えなくなりますね」

姉貴も心配してるけど、ちょっと観点が違うんじゃないのかな？

「いや、これでいい。我本来の戦い方は片手剣じゃ。……アキト、御主の片手剣を貸してみよ！」

これって、片手剣なのかな？　と思いながらも、背中のグルカナイフをアルトさんに手渡す。

「変わった形じゃな？」なんて言いながらも、暖炉の前でクルクルと剣舞を披露する。

ヒュンヒュンと空気を斬る音に驚いて、ミーアちゃんとサーシャちゃんはテーブルの下に避難してた。

「重さ、バランス共に申し分ない。……アキト、しばらくこれは預かるのじゃ！」

エッ！　と驚いても、もはや手遅れ。俺のバイト三か月分が……。

アルトさんの後から、「ごめんなさい」とジュリーさんが頭を下げている。

まあ、しょうがないか、刀もあるし。

「ガッカリするでない。お詫びに我が使っていた物を授《さず》けよう。金貨二十枚はくだらないぞ」

「いえ、それはいりません。それほどの業物《わざもの》でもありませんし。……良かったら使ってください」

そう応えるしかないじゃないか。姉貴もにこにこしながら俺たちのやり取りを見てるということは、アルトさんに上げるのは問題ないと思ってるみたいだ。


「姉様、私も剣が欲しいのじゃ！」

サーシャちゃんのおねだり攻撃が始まったぞ。さて、どうする？　アルトさん。

「フム……。王宮から取り寄せるか？」

「それには、およびません。これを持参しました」

ジュリーさんは足元にあった包みをテーブルに載せて広げる。

そこには二振りの片手剣があった。

装飾はあるが華美ではない。アルトさんがそのうちの一振りを鞘から抜いてみた。

「忘れておった。……この双剣は我が使っていた物ではないか？」

「はい。あれ以来長剣でしたから。魔道具をトリスタン様にお見せしたら、これを渡されました」

「確かに、王都で一番のドワーフが鍛えし業物。……だが、アキトの片手剣と比べるとな……」

「ですから」そう言うとジュリーさんは、アルトさんが鞘に戻した片手剣を、サーシャちゃんとミーアちゃんの前に置いた。

「サーシャよ。その剣は我がハンターとして銀を得た時に、お前の父から頂いた物。ハンターであれば良き装備を持つのは当然。それをお前に譲るとしよう。ミーアもそれを使ってくれ」

ジュリーさんと姉貴で二人の背中に片手剣を背負わせる。

剣の重さでベルトがずれないように、腰ベルトとうまく合体させせなければならないが、一度調整しとけば後は簡単に装着できるはずだ。

「アキト。できれば木剣を三本と、身長ほどの木の人形を作って欲しいのじゃが……」

「すぐにはできませんが、よろしいですか？」

「サーシャ達に片手剣の使い方を教える。早いに越したことはないが……、まあ、型から教えるとしよう。お前達、ついてこい！」

ミーアちゃん達は、アルトさんに連れられて庭に出かけたようだ。


「これで、ミーアちゃんに片手剣を教えてもらえるね。アキトも私も教え方は下手だしね」

だからと言ってアルトさんが上手いとは限らないぞ。

「アルト様は王宮の近衛隊長から直々に指導を受けています。たぶんだいじょうぶだと思いますよ」

ジュリーさんが俺の懸念を少し取り除いてくれたけど、ジュリーさんも（たぶん）なんだよな。

「ところで、木材のあてはあるの？」

「あるさ。こないだのイカダがまだあるはずだ。あれを使おうと思う」

ということで、俺はイカダを回収しに出かけた。場合によっては村人に手伝ってもらいなさいって姉貴が銀貨を一枚わたしてくれた。人手の相場がわからないけど、足りなければ、俺だって少しは持っている。50Lだけどね。


北門にある臨時のギルド出張所に向かって歩いていくと、セリウスさん達に出会った。

どうやら、俺達に話があるらしい。

俺にも関係ありそうなので、一緒に家に帰ることにした。

家の扉を開けると、テーブルには姉貴とジュリーさんがお茶を飲んでいた。

セリウスさん達をテーブルに座らせて、俺も姉貴の隣に座る。


「実は……、言いにくいことなんだが、そのう……」

「春に赤ちゃんが生まれるにゃ！」

じれったいセリウスさんを待ちきれずミケランさんの発した一言は、俺達に衝撃を与えた。

姉貴は、カップを落とすし、ジュリーさんは硬直してる。俺だってお茶を噴き出したぞ！

「まぁ、そんな訳だ。それで相談なんだが、家を建てるのを手伝って欲しい。場所は、キャサリンの隣だ。俺達ネコ族の寿命は人間に比べて短い。そろそろ居場所を固めることにしようと思う。

幸い、この村には高レベルのハンターはいない。ギルド長とも相談して了承を得ている。それに、この村の村長はギルド長だ。開墾すれば畑も作れると言ってくれた」

「まず、おめでとうございます。手伝いはだいじょうぶですよ。……でも、私達もこの村に厄介になろうと考えてました。急にハンターが増えてだいじょうぶでしょうか？」

再起動した姉貴は、依頼書の奪い合いになることを恐れたようだ。

「それは問題ない。この村の依頼書の多くは町に流れて、処理されないままになるものが多い。それがなくなるとギルド側は喜んでいる」

「それで、どんな家を作るんですか？」

「キャサリンの家と同じように丸太で組み上げる。それで、この間のイカダの木材を貰いたいのだが、いいだろうか？」

「だいじょうぶです。使ってください。でも、足りますか？」

「足りない分は村人を雇って切り出すことにする。たぶん、それほど必要としないはずだ」

ということで、明日から家造り……、ログハウス製作の手伝いだ。ちょっと面白そうだし、端材を貰ってアルトさん所望の木の人形も作れるだろう。

次の話題は、さて生まれてくるのはどっちかな？　ってことになる。女性にこの話題をさせるのは非常に危険性が高い。だって、自説を曲げないんだからな。姉貴とジュリーさんで言い争っている。本人達の希望はセリウスさんが男の子でミケランさんが女の子だ。

「もう！　絶対男の子です。……では調べてみますね」

「まて！　わかるのか？」

「はい。来春生まれるなら魂は定着しています。その波動を見れば、決着が付きますよ」

「具体的にはどうするにゃ」

「ミケランさんのお腹に手をあてればいいのです。魔法ではありませんから母子に影響はありません」

「見て欲しいにゃ！」

それでは……、って、ジュリーさんがミケランさんのお腹を撫でる。

それを、ゴクンってつばを飲み込みながら俺達は見ていた。

「これは……」

「「女の子ね（にゃ）」」

「「男だよな！」」

「双子です。それも男女の……」

う～ん、一応セリウスさんの願いも、ミケランさんの願いも叶ったようだし、良いことなんだよな。でも、俺と姉貴以外は複雑な表情をしているぞ。

「ここに住めてよかったにゃ。ネコ族の部落だと大変にゃ……」

「ああ……。だが、これで故郷には帰れんぞ。良いんだな？」

「だいじょうぶにゃ。ここが故郷にゃ」

「では、アキト。明日、キャサリンの家の前に来てくれ。できれば斧を持ってきて欲しい」

セリウスさんはそう言ってミケランさんと帰っていった。

「どういうことなんですか？」

「ネコ族の因習なの。……双子はいいのよ。でもね、男女の双子は魔に魅入られるって言われて……、片方が捨てられるの」

「それって！」

「たぶん、ミーアちゃんもそうだったと思うわ。そして拾われたんでしょうね。でも今は家族がいるから心配ないでしょ」

どんな世界にも風習はあるんだよな。しかもそれが生死に関わるものとなると……、少し気の毒になってきた。

でも、故郷に帰らなくともハンターならば十分に子供を育てることが可能だ。風習はネコ族の故郷限定みたいだし、ここで生活するには全く支障はないはずだ。


もうそろそろ今年の狩猟期間が終わるけど、俺達の狩猟は開始三日で終了した。あれ以上稼いだらある意味顰蹙《ひんしゅく》ものだ。

今日は、セリウスさんのログハウス造りのお手伝い。物騒な刀は置いていくから、俺の装備ベルトにはM29のみがバッグの裏に隠れてるだけだ。

セリウスさんの斧をもってこいという言葉に、姉貴は鍛造の斧をザックから出してくれた。焚き木割り用ではなく、刃の薄いクラフト用の斧である。手斧タイプだから部材の修正には重宝《ちょうほう》するだろう。ありがたく受け取り、腰のベルトに差しておく。

伐採用の両手斧を持ち、「じゃあね！」と言って家の扉を開ける。

「お弁当は後で届けるねー！」

姉貴の声に片手を上げて応えると、石畳を歩き通りに出た。

もうすぐ狩猟期間も終わるので、あんなにたくさん出ていた屋台もだんだんと少なくなってきている。

それでも何軒かは威勢のいい客引きの声を上げている。

適当に片手を上げてそれに応えながら進むと、キャサリンさんのログハウスに着いた。


「おお、来てくれたか」

キャサリンさんの家の隣にある空地で、何やら腕組みしながら考えてたセリウスさんがいた。

「何か、心配ごとですか？」

「心配というわけではないのだが……。いざ、家を作るとなると、どんな家にしたら良いかと悩み始めてな」

これは、意外とよくある話らしい。道場に通っていた生徒達が、親の造った家に不平を言っていたのを聞いたことがある。

「最初から完璧に作ろうって考えるからですよ。セリウスさんもミケランさんもハンターなんですから、状況に応じてどんな場所でも寝起きはできるはずです。だから、最初は普通の家を考えて、少しずつ直してけばいいんですよ」

「確かにそうだな。考えすぎなのか……。ところで、普通の家とはどのようなものなのだ？」

凄い切りかえしだ。俺だって、この世界の普通の家なんて知らないぞ。ん！　待てよ。俺達の家は普通の家だよな？

「俺達の家を参考にしたらどうですか？　子供が多くても問題ないですし、住み心地もいいですよ」

「だとすれば……、こんな感じだな」

セリウスさんは棒きれで地面に簡単な間取りを画いた。

広間と左の小部屋。右には台所と浴室等。広間の半分ほどはロフトにして、入口の正面には暖炉を置く。

「良いんじゃないですか」

「よし。では、まず縄張りからだ」

ここで、この世界の長さの基準となる物差しを初めて見た。意外と尺貫法の物差しに近く、D（ディー）と呼ばれる単位は約一尺の長さだ。

まず、広間の間口と奥行きを決めて、全体の大きさを考える。日本建築は3の倍数が基本だから、それを真似て間口は12D（三・六メートル）、奥行き24D（七・二メートル）とした。

「こんな、感じですけど……」

簡単に寸法を測って、四隅に棒を立ててみた。

「意外と小さいな。だが、家族が増えれば増築すれば良い。これでいこう！」

左の小部屋の横幅と台所の横幅は8D（二・四メートル）とすれば、全体の大きさは、28D（八・四メートル）×24D（七・二メートル）だ。

少し広く杭を打ち、寸法を測って紐を張ると、縄張りが終了となる。

二人で一服していると、村人が荷馬車で石を沢山運んできた。どうやら、土台造りをセリウスさんが頼んでいたらしい。

早速俺達の縄張りを基準に地面を固めながら石を積み上げていく。

凸形になるように石を並べて漆喰《しっくい》で固めている。セメントの代わりみたいだけど、だいじょうぶなんだろうか。

俺達は次の荷馬車が運んできた解体されたイカダの木を使って、壁になる木材を斧で切断しはじめた。

十数本を切り出すと、嬢ちゃんずが手篭《てかご》を持って現れた。

「お昼を持ってきたよ」

俺達は村人を誘ってお昼にすることにした。

アルトさんが、邪魔にならない所で簡単な焚き火をおこすとポットでお茶を沸かす。

ミーアちゃんとサーシャちゃんは、皆に黒パンサンドを配ってあげてる。

「まだ、ぜんぜん進んでおらぬではないか。もっと頑張らぬか！」

サーシャちゃんは、まだ土台の形もなしていない現場を見て、俺を叱責したけど、これぱっかりは、急いでも無理だぞ。土台だけで二十日は見る必要があるだろう。

でも、「はい。頑張ります！」って答えておいた。でないと、さらにハッパをかけられる可能性がある。

「ミケランはどうしたのじゃ？」

アルトさんはキョロキョロと辺りを見渡してセリウスさんに聞いてみた。

「うむ……。雑貨屋に行くと言っておったが、そういえばまだ戻らんな」

俺達がそろそろお昼を終わりにしようとした時、ゴトゴトと一輪車を押してくるミケランさんを通りに見つけた。何か、沢山の荷物を載せてるみたいだけど……。

「ああ！　先に食べたにゃ」

空地の端に一輪車を置くと、こちらに走ってきて俺達を叱責する。でも、買い物にどれだけ時間を掛けてきたんだ？

それでも、ミーアちゃんの差し出した黒パンサンドを齧り出したら怒りも収まってきたようだけどね。

「ミケランさん。何を買ってきたんですか？」

「ああ、アキト。今日はありがとにゃ。……家を作る道具にゃ。それと、ギルドに行ったら、マスターがこれをくれたにゃ」

なるほど、一輪車にはいろんな大工道具が乗ってるぞ。……そして、俺に差し出した手には、薄い本がある。題名は「君にもできる一戸建て」。パラパラと本をめくって読んでみると、意外とまともな記述だ。これなら、木組みの仕方も参考になるかもしれない。

「セリウスさん。この本役に立ちそうですよ。いろいろと参考になります」

「そうか。だが、先は長い。のんびりやるさ」

村人達は、お昼を食べて帰っていった。午後は、狩猟の獲物運びが始まるのだ。

俺とセリウスさんは黙々と木を定尺寸法に斧で切っていく。

ミケランさんは嬢ちゃんずを従えてピンと張った紐の中を偵察している。

そんな感じで、家造り一日目は終了した。


何日か、斧で木を定尺寸法に切る作業を続ける日が続いたけれど、今日はそれも一休み。狩猟期間が今日で終了するのだ。

みんなで北門に出かけ、広場にある掲示板を見る。流石に、俺達を上回るチームはいなかったが、最低の成績でも一万L以上だから、金貨一枚程度には稼いだようだ。

この狩猟を行うために集まってきたハンター達は、午前中に山から下りてきている。後はセリの代金を保管してきたギルドが、税金のような形で獲得金の三割を引き、残りをハンターに支払う。

運搬等を行った村人への支払いは、明日ギルドで行うそうだ。ここで支払いを受けたハンターは、すぐさま町や王都に帰る。小さな村には洒落た酒場もないからだ。

登録番号をシャロンさんが呼ぶと、鑑札札と引換えにセリの売り上げを支払っていく。

「登録番号一三番！」

シャロンさんの呼ぶ声にセリウスさんが受付に行くと、しばらくして大きく膨らんだ革袋を持って帰ってきた。

「では、一旦アキトの家に行こう。そこで分配だ」

俺達はキャサリンさんを誘って帰路についた。


家のテーブルには、俺と姉貴、キャサリンさんとジュリーさんそれにセリウスさんとミケランさんが着いた。嬢ちゃんずは暖炉の前で夕食のシチューを温めている。

本来はアルトさんとミーアちゃんも分配される側なのだが、それは、姉貴とジュリーさんが代理を務めるらしい。

「俺達の獲得金額は、７２３００Ｌ。ここから三割が引かれるから、分配する金額は５０５１０Ｌだ。狩猟に上下はない。山分けとする。一人、６４１０Ｌで30Ｌが余る。これは村に寄付したいと思うがいいな」

「「いいわ（よ）」」

そんな訳で、俺達は大銀貨六枚と銀貨四枚それに銅貨を十枚手に入れた。

姉貴が俺達の分け前を一括して預かるけど、姉貴はミーアちゃんの分を別の袋に入れている。

不思議に思って聞いてみたら、「持参金の準備よ！」って言ってたけど……。だいぶ先の話だよな？

だいたい、そんなことにはならないはずだ。

「俺を倒してから連れて行け！」

うん。これで行こう。

「これで、家が形になりますね」

「ああ、村人に支払う人件費もバカにはできん。だがこれで何とかなるだろう」

村人には一人、一日で10Lを支払うそうだ。十人で五十日とすれば、それだけで5000L……、こりゃ大変だ。頑張って手伝わないと、セリウスさんが破産しかねないぞ。


分配が終わると、皆で夕食だ。当初六脚だった椅子も、今では買い足して十脚に増えているから全員が一度にテーブルで食事ができる。ちょっとテーブルが小さく見えるが、まあこれはしかたがないだろう。

嬢ちゃんず監修のシチューのできは良かった。これに黒パンを付けながら食べると結構美味しいんだけど、サーシャちゃんはきちんとパンを千切って食べている。こういうところはお嬢さんなんだよな。

セリウスさんの家は一週間ほど掛かって土台ができた。十日ほど乾かして、いよいよ丸太組みを開始することになるそうだ。

そんな訳で、ひたすら毎日、俺とセリウスさんで木を定尺に切る作業を続ける。

ミケランさんと姉貴は嬢ちゃんずと一緒に湖の岸から握り拳二個分位の石を沢山運んでいる。これは、暖炉を作る材料にするそうだ。暖炉と煙突……考えるだけでもかなりの量が必要となる。

「暖炉が冬までに完成できない時には、囲炉裏を作る」なんてセリウスさんは言っているけどぎりぎり間に合うんじゃないかな。

狩猟期間が終わると日を追って涼しくなってきた。朝晩は少し寒いと感じるようになってきた。

キャサリンさんが「後、一月位で初雪になりますよ」と言っていたが、暖炉の焚き木はだいじょうぶなんだろうか？　……少し心配になってきたぞ。

セリウスさんの家は、土台が乾いたことを確認して、村人十人を雇い入れて一気に作り上げた。あれほどたくさん作った丸太がほとんど使われてしまったことを考えると、ログハウスは思った以上に木材を使うみたいだ。

外壁と、屋根まで作り上げれば、後は何とか俺達だけで物になるだろうと思っていたんだけど……。それは、かなり甘い考えだということが少しずつ分かってきた。

まず、家の中が暗い。窓も作ってはいたが、寒いので閉じてみたら真っ暗になってしまった。見かねたジュリーさんが光球を作ってくれたから良かったものの、でないと今期の作業はここで終わりになってしまうところだった。

次に板の製作である。製材業がそれほど発達していないこの村では、必要な板は自分で作ることになる。このため、セリウスさんはひたすら丸太からノコギリで板を切り出している。

俺が悩んだのは、暖炉の製作だ。基本的には四角形の箱と長い四角形の煙突を組み合わせれば良いと思うのだが……石をそのまま積上げるのでは強度的に不足する可能性がある。

ミケランさんが買ってきた本に、接着剤と石灰に砂を混ぜた物にロープの切れ端をさらに混ぜるとの記述があったので、古いロープを五センチほどに切断して混ぜたものを使って石を積上げ塗りつけていった。

暖炉内をアーチ状にし、かつ煙突に向かって勾配を作ることは、困難な作業となったが、四角の箱の外側に石を積み上げる方法で、何とか形にすることができたぞ。

広間の右にある小部屋の床板を張り終えると、早速ベッドを二つ運び入れる。

部屋の扉はまだできていないから、とりあえずカーテンで代用する。窓も外側の板窓はできたが、風が吹き込むので内側には布を張っている。

結構、隙間だらけの家だから、いくら火を焚いても一酸化炭素中毒にはならずにすみそうだ。

でき上がった暖炉で火を焚くと、早速ポットでお茶を沸かし始めた。

「だいぶ形になってきたな。家造りの残材で焚き木に困ることはなさそうだ。雪に閉ざされても、広間の床張りはできる」

「まだ、台所の方ができてませんよ」

「野宿を思えばなくとも可能だ。小部屋が寒ければ、暖炉の前で寝るさ」

ここで、冬を越すのは初めてだけど、そんなに寒いのだろうか？

「前に、家を持たないハンターは冬を越せないと聞いたんですが、この村の冬はそんなに厳しいのですか？」

「ああ……、リオン湖は厚い氷に覆われる。この村も雪で覆われる。町との交通は皆無に近い。必要な物は今の内に揃えておいた方がいい。食料も含めてな」


家に帰ると早速姉貴に冬支度の話を切り出した。

「そうね。人数が多いことだし、明日にでもキャサリンさんに相談してみるわ。私達だと分からないものもありそうだし」

姉貴に伝えた後は、暖炉前に陣取る嬢ちゃんずの後ろで木を削る。六種類、三十二個の形をサバイバルナイフで形作っていく。

「なにをしておるのじゃ？」

「これ？……冬の準備さ。楽しみに待ってて」

アルトさんが興味を示したものは、チェスの駒だ。道場に出入りしていたアレックさんに教えてもらい、一時は姉貴と勝負を競っていたんだけどね。

冬の閉じ込められたこの広間で何も遊ぶ物がないのはちょっと寂しいから、俺なりの準備だ。嬢ちゃんずにも教えてあげれば皆で楽しむことができるだろう。

だいたいの駒は作って、今はナイトを作っているんだけど、この世界に騎士はいないみたいだ。鎧もプレートアーマーには至っていない。王宮の近衛兵士もチェインメイルだとアルトさんから聞いたことがある。

騎士をどう説明すればいいのか、今から考えておかなければならない。

姉貴達は静かに編み物をしている。王国の冬にはセーターや手袋、帽子等が必要になるらしい。雑貨屋等の店にも物はあるらしいのだが、やはり自作が一般的だとジュリーさんが話してくれた。雪に閉ざされるこの村では、男でも編み物を冬の仕事として行っているらしい。

習いますか？　とジュリーさんが言ってくれたけど、これぱかりは辞退しといた。

嬢ちゃんずも、一生懸命に編み棒を動かしてるけど、はたしてどんなものができ上がるのか想像できない。

やっと、ナイトを四つ削り終えた時には、嬢ちゃんずはもう部屋で就寝中だった。

暖炉の前に胡坐《あぐら》をかいて、焚き木を放り込む。寝る前に太い焚き木を入れておけば朝まで火が消えることはない。


次の朝、井戸の冷たい水で顔を洗い、ふとアクトラス山脈を望むと峰々が白く覆われていた。吐く息も白く、いよいよ冬の季節がやってきたことを実感した。

朝食の野菜スープで体を温める。

野菜類は冬前に大量購入して魔法の袋に入れておくのだそうだ。袋に入れることでいつでも新鮮に食べられるとジュリーさんが説明してくれた。

4話

The 4th STORY

人狼討伐

ある日、朝早くセリウスさんが訪ねてきた。

どうやらアルトさんに用事があったらしいが、生憎と起きていたのは俺とジュリーさんだけだった。

「そうか、では明日の午後にギルドで会おう。少し厄介なことになるかもしれん」

そう言って、セリウスさんは帰っていった。

あの家もまだ完成には至っていない。しばらく行ってないけど、どうなっているのか少し心配だ。

暖炉の火で少しずつ部屋が暖まってきた。ポットに水を汲んで火に掛けると、焚き木を一本投入する。

そうこうしているうちに、皆が起きてきた。

「三人で寝ると暖かい」とか「自分のお布団も掛けてくれたんだね」

とか言ってるけど、俺は姉貴に布団をとられて寒くて起きたんだ！　ホントに姉貴の寝相の悪さはどうにかならないのかな。

いつものとおり暖炉前を追い出され、テーブルに着くと、ジュリーさんがお茶を淹れてくれる。

「ところで、アキトさん宛ての荷物がギルドに届いているそうですよ。アキトさんが書いたものが届いたのかも知れませんね」

ジュリーさんが優雅にカップのお茶を飲みながら教えてくれた。

朝食を終えると、マントを羽織ってギルドに向かう。ギルドには大きな木箱が二つホールに置いてあった。シャロンさんに確認して、運ぼうとしたが一度に二つは無理だ。

「裏にある一輪車を使って下さい」

親切な言葉に感謝しながら木箱を一輪車に載せて家に運ぶ。


家に着くと、皆が興味深々で見守る中で木箱を開ける。

クロスボウの部品が出てきた。さすが、王宮職人の仕事だ。どれも丁寧に作られており思わず微笑んでしまう。

「組み立てるのか?」

「ああ、早く欲しいだろ」

アルトさんの質問にそう答えると、嬢ちゃんずが一斉に暖炉前の席を俺に譲ってくれた。俺が箱から部品を出すのをテーブルの下から覗いている。

早速、組み立てに取りかかる。クロスボウの台は軽く丈夫な木材を加工してあり、上面にはV形の金属のレールがはめ込まれている。先端部分に穴の開いた四角の金属を木ネジで固定する。

弓は二分割になっており、台座の先端部分の金属の穴に接着剤を流し込んで差し込む。弓の端に金属製の滑車が取り付けられた金具を同じように取り付ける。台座にトリガーを埋め込み、安全装置の機構が作動することを確認した。

足踏み金具、照準器、少し面倒だが弦を交差するように弓の両端の滑車を介して取り付ける。少し、弓がしなるように取り付けるのがコツだ。

「よし、できたぞ。……さすが王宮職人、仕上げが丁寧だから修正しなくても簡単に組み立てができた」

「そう褒めるな。普段は美術品ばかり作っておるのだ。たまには人の役に立つ物を作ってもよい」

アルトさんはそう言ってるけど、これって武器だぞ。

「姫様。矢と矢を入れるバッグがこちらにあります」

嬢ちゃんずが、ジュリーさんに群がる。そしてバッグを一人ずつ肩に掛けて中にボルトを三人で分けながら入れている。よく見ると、革製のバッグには色の付いた革と糸を使って花の模様が入っている。ふと、クロスボウの台座を見ると横に同じような模様があった。

造った職人達はこの武器を女の子が使うことを知っていたのだろうか……。そんなことを思いながら、バッグの模様を確認しながら、三人にクロスボウを渡す。

「照準器の修正ができていないから、まだ実戦には使えないよ。明日調整するからね」

俺の言葉で、三人は部屋にクロスボウを片付けに行った。

「三人には、渡しませんでしたけど、これも入ってました」

ジュリーさんが箱のそこから出したのは、先端に爆裂弾の付いたボルトだった。次に取り出したのは透明な薄い板のようなものだ。

「そっちは保管しておきましょう。使わないで済めばそれが一番です。それと、その透明な板はなんですか？」

姉貴も興味深々の目でその板を見ている。

「これですか？　甲虫の羽なんです。セリウスさんの家の窓に使えればと追加しておきました」

ガラス代わりに使えるものってあったんだな。そういえばこの別荘の窓にも使われてたな。


嬢ちゃんずが戻ってきたところで、セリウスさんの伝言を思い出した。

「そういえば、皆が寝てる時にセリウスさんが来てね。明日の午後に、ギルドで待ってるって言ってた。厄介なことになるようなことを言ってたけど……」

「たぶん、ガトルの群れのことじゃな。シャロンが村にやってくる商人達がガトルの襲撃を受けたと言っていたぞ」

「じゃぁ、明日はギルドでいいね」

俺が言うと嬢ちゃんずが一斉に首を横に振る。

「クロスボウが先じゃ。アキトが判断せよ！」

アルトさんが、ビシっと俺を指差す。他の二人もうんうんって首を縦に振っている。

「照準器の調整は私でもできる？」

「ああ、照星は固定だけど、照門はネジで動く。ネジはマイナスだ」

姉貴の問いに箱まで行ってドライバーを取り出した。

「じゃぁ、アキトがギルドに行ってきて。全権を任せます」


そんな会話があった翌日の昼過ぎ。皆は村の北門に歩いてく。門の柵に的を立てて、照準器の調整をするみたいだ。俺は逆に東に歩く。セリウスさんとギルドで相談だ。

ギルドの扉を開けると、セリウスさんとキャサリンさんがテーブルで待っていた。

俺がテーブルの席に着くと、セリウスさんが不思議な顔をする。

「他の連中はどうしたんだ？」

「俺に任せるって言って、今頃は新型クロスボウの調整をしてます」

「姫の珍しい物好きは昔からだからな。まあいい」

セリウスさんは諦め顔だ。

「ところで、話はなんでしょうか？」

「例のガトルの群れだ。俺達数人で後を追って見たんだが、街道で見失った。街道を走るガトルなぞ聞いたこともない。どうも、人狼が一枚かんでいるようだ」

「人狼の話は聞いたことがあります。でも、あれはおとぎ話ではないのですか？」

キャサリンさんは、そんなはずはないでしょうって顔をしているが、俺には何のことだか分からんぞ。

「王国内では犬族もいるし、あまり話題にはならぬが確かにいるのだ。ノーランド地方の部族国家の中には人狼だけで構成された戦闘団も存在する」

「あのう……、人狼って何ですか?」

俺は思い切って聞いてみた。人狼が何か分からなくては話にならない。

セリウスさんは俺の方を見ると自分の顔を指差した。

「俺は、ネコ族だ。猫の特徴を色濃く残している。しかし、犬族の中には、人より犬に近い体を持つものがいる。……それが人狼だ」

「体は人間より二回りほど大きく、四本足で野原を駆け抜け、その手に人間の武器を持つことができる。そして、人と話せ、獣を操ることができる……」

狼人間みたいな奴か……。厄介だな。

「倒すのに銀の武器がいる。なんてことはありませんよね」

「それはない。しかし、一人でグライザムと互角に戦えるほどの体力を持っている。人狼でないことにこしたことはないのだが」

「人狼であれば、人間の知恵、グライザムの力、ガトルの素早さを持っています。今更ながらですが、王都の軍を派遣してもらう必要があると思います」

ずっと、考え込んでいたキャサリンさんが言った。

「確かにそれも手ではある。しかし、人狼でなければこの村のギルドの信用は一気に落ちる。少なくとも、ガトルの群れを統率する者の正体を確認する必要があるのだ」

「だとすれば、俺達の仕事は三段階になります。一つ目は、ガトルの群れを探すこと。二つ目はガトルの統率者の正体を確認すること。三つ目は、統率者の討伐が我々で行えるかどうかを見極めること」

俺の言葉に二人が頷く。

問題はそれをどう進めるかだ。ここは、姉貴とアルトさんの知恵を借りるしかないだろう。

「少し考える時間を貰えませんか」

「ああ、だが時間が惜しい。だんだんとアクトラス山脈が白くなってきた。後一週間ほどで解決しなければこの村の冬の食料を輸送できなくなる恐れがあるのだ」

「では、これで……」

俺は挨拶もそこそこに急いで家に戻ることにした。

姉貴達に相談するにしても、俺なりの作戦を考えておかないといけない。

家に着くと暖炉の残り火をかきたて焚き木を放り込む。

雑貨屋で手にいれた粗雑な紙を数枚取り出し、鉛筆で村の周辺図を分かる範囲で書いてみる。

ノーランドへ行く街道と分岐路、村への小道、森と荒地……。

セリウスさんは、商人達が襲撃を受けた場所から街道まで追跡して、街道で痕跡がなくなったと言っていたから、この三角地帯が怪しいことになる。

だが、それだと簡単すぎないか？　……知恵を持つと言っていたから、俺達の意表を突いた場所で次の襲撃を待っている可能性だって捨てきれない。

テーブルに広げた簡単な地図を見ながら唸っているところに姉貴達が帰ってきた。

姉貴達にギルドでの話をして、俺の対策案をどうやって形にするか悩んでいることを説明した。

「なるほど。……しかし、人狼とは厄介な相手じゃな」

アルトさんも腕を組んで考え込んでしまった。

「人狼の何が厄介なのですか？」

姉貴の問いにジュリーさんがカップから口を離す。

「人狼は人間と同じように、経験を積むことにより強くなるのです。そうですね……、スラバぐらいの強さからグライザムを易々と倒せる位まで。一目見ただけでは強さがどの程度か分かりません」

「それって問題ですよ。スラバならアキト一人でだいじょうぶですけど、グライザムより強いとなれば……」

「じゃから、厄介じゃと言ったのじゃ。それに人狼に一人で挑むのは自殺するようなものじゃ。……ジュリー、前に倒した時はどうやったのじゃ？」

「魔道師による一斉攻撃の後に、銀一つのハンターが四方向から同時に槍で突きました」

足止めした後に避けることができない方法で倒したってことかな。

しかし、今回はガトルも群れで一緒にいる。足止めは何とかなっても、接近して同時に攻撃するなんてできないぞ。

いや……ちょっと待て！　できるかもしれない。

「ところで話は変わるけど、クロスボウの調整は終わったの?」

俺は考え込んでいるアルトさんに聞いてみた。

アルトさんの難しい顔が、笑顔に変わった。

「終わったぞ。しかし、あれを王国の兵に持たせることができぬのが残念じゃ。200D(六十メートル)離れて、これくらいの的に当てることができるぞ」

これくらいって手で大きさを示してるけど、ちょっと歳を考えると……。殺気が来た。

だが、使えそうだぞ。姉貴を含めて四方向からの同時攻撃。これしかない!

問題は足止めだ。魔法はジュリーさんとキャサリンさん、それに姉貴の三人が使える。

「ジュリーさん。先ほど魔道師による一斉攻撃と言いましたよね。何人ぐらいで、何の魔法を使用したんですか?」

「聞いた話では五人で【メルト】を連続して放ったそうです」

【メルト】は姉貴とジュリーさんが使える。キャサリンさんは【シュトロー】、水の一撃が使える。後は、爆裂球で代用するしかないか……。

「人狼が特定の場所に来れば何とかなるかもしれない」

俺は簡単な図を紙に描いて、テーブルに広げる。

「ここにおびき寄せて、この周囲にアルトさん達を配置する。ここに来たら魔法と爆裂球で撹乱し、アルトさん達が一斉にボルトを発射すれば……」

「何本かは当たる訳じゃな。さすればいかに経験を積んだ人狼であろうとも動きは鈍ろう。そこを、アキトとセリウスで二方向から斬撃を与える……。なら人狼も倒せるじゃろう」

「ちょっと違う。最後はセリウスさんとミケランさんに任せる。俺は、ここで拳銃を撃つ。その音を合図に、再度四方向からボルトを発射して欲しい」

「その位置だと、まるで囮《おとり》ではありませんか。賛成しかねます」

ジュリーさんが険しい顔で俺に言った。

「囮だけど、比較的安全だと思う。周りにロープを張れば、何かあると思って人狼が近づくのが遅くなるだろ。それだけチャンスが膨らむ」

「もう一つの問題はガトルの群れね。少しずつ数を減らすしか手はないと思うけど」

「だけど、来る方向が分かれば罠を張れる。餌を撒いて爆裂球を紐に付けて……」

「地雷ね。場所は、その場で考えましょう」

「どうやら、何とかなりそうじゃの。やはり、ここに来て正解じゃったな。退屈とは無縁じゃ。で、いつ出かけるのじゃ？」

「セリウスさんは、なるべく早くと言っていた」

「では、明日の朝に出かけるとしようぞ。サーシャ、ミーア、昼食後は、再度練習じゃ。今度は一斉射撃をやってみるぞ」

三人が頷く。姉貴も一緒に行くみたいだ。自分のクロスボウを取り出してる。

「それでは、私は雑貨屋に行ってまいります。爆裂球と紐が大量に必要ですから」

ジュリーさんはそう言うと席を立ち家を出ていった。

「アキトはセリウスさんと打ち合わせをお願いね」

姉貴の依頼で家を飛び出し、セリウスさんの家に急いで向かう。

扉を叩くと、「はいにゃ！」とミケランさんの声がする。

扉が開くと、ミケランさんがカナヅチを持って立っていた。奥で丸太をノコギリでひいていたセリウスさんが、作業を止めてこちらを見ている。

「アキトか。何とかなりそうか？」

「はい。それで協力をお願いに来たんですが、……忙しいですか？」

「忙しいと言えば忙しいが、人狼の件は俺から頼んだものだ。聞かせてくれ」

暖炉の前に板を敷き、厚手のカーペットを敷いている。そこにセリウスさんは座り込むと、俺にも座るように促がした。ミケランさんがお茶を淹れてくれて、セリウスさんの隣に座った。

「姉貴達に大まかな話をしました。ジュリーさんが前の人狼討伐のやり方を知っていたのは助かりました。だいたいこんな感じに進めます」

俺は、二人に魔法と爆裂球による足止めと、その後の一斉射撃を話す。

「すると、最後は俺とミケランで止めを差すのか。悪くはないが……、よく剣姫が了承したな」

「クロスボウを使ってみたいようです。でも、次を撃つには時間がかかるでしょうから、乱入するかも知れません」

それを聞いた二人は笑い出した。

「わはは……、それは考えられるな。だが、それ以外の方法はなさそうだ。場合によっては王都の兵に任せることも考えていたが、討伐できるならそれに越したことはない。姫の物ねだりが役に立ったというわけだな」

「北門の広場で練習してますよ。ミーアちゃんが持っていたクロスボウより強力です。一本でも当たれば動きを押さえることができます」

「それは、頼もしい。それでいつ出かける」

「明日の朝。家で待ってます。それと、キャサリンさんにも声を掛けてください」

「分かった」

「硬い話は、終わりにゃ。……アキト、手伝ってくれてありがとにゃ」

そうか、ミケランさんは二人でもうここで生活してるんだ。

「いいえ。たいしたことはしてませんよ。ああ、そうだ。明り取りに使えそうなものを見つけたんで後で持ってきます。甲虫の羽とか言ってましたけど」

「あれか。よく気が付いてくれたな。ありがたく頂くよ。それにしても姫様達が暖炉前で足を投げ出す理由が理解できたぞ。ここで横になるのは気持ちがいい」

ネコ族だもんな。暖炉前に丸くなるのは習性だと思う。

セリウスさんは、寝る所と食う所があれば当分困らないと話してくれた。雪に閉じ込められた時期に、のんびりと内装工事を自分でやるんだと張り切っていた。

　さっきの丸太もその時に備えて板を作っていたそうだ。

セリウスさん達の将来設計をいろいろと、それこそたくさん聞かされて家を出る時には夕暮れ時だった。

家に戻ると全員が揃っている。「遅かったね」なんて姉貴に嫌味を言われたが、これはセリウスさん達のせいだぞ。

テーブルの席に着くと、セリウスさんの了解を得たことを告げた。

「ところで、クロスボウの方は目処が立ったの」

「バッチリよ。私の銃の発射音に合わせて撃つことを練習したから、アキトの銃の音でもだいじょうぶよ。音が大きいことはサーシャちゃんに言ってあるからだいじょうぶ」

「なら、問題ないね」

「私の方も、雑貨屋からあるだけの爆裂球を購入してきましたわ。持っていた分と合わせると、皆に五個ずつ渡しても二十個程度余ります」

それだけあれば十分だろう。セリウスさん達だって数個は持ってるはずだ。

シチューと黒パンの夕食を取ると、明日の準備に取り掛かる。

装備ベルトのグルカナイフのあった場所にはサバイバルナイフを付けといた。バッグの中だと取り出しにくいから丁度いい。

M29に実弾が入っていることを、弾倉をスイングさせて確認する。

全員が広間に集まると、皆の装備に問題がないことを確認し合う。

食料や水、それに食器類を皆で分けてバッグに入れる。明日の食事とお弁当の下準備をすると、今夜は早く寝ることにした。

次の朝。朝食を終えたところで、しばらく帰れないからもう一度バッグの中を確認しておく。防寒対策として革のマントを羽織る。俺は装備の上からマントを羽織ったけど、姉貴や嬢ちゃんずはマントの上にクロスボウを背負ってる。杖代わりの採取鎌は今日はお役ご免だ。少しでも荷物は少ない方がいい。

そんなことをしていると、扉を軽く叩く音がした。

扉を開けると、案の定セリウスさん達だ。俺達も家を出て、セリウスさんに続いて通りを歩く。

「キャサリンは同行してくれるそうだ。ギルドにハンター募集を依頼したのだが、受けてくれる者はいなかったらしい」

「俺達だけで九人ですよ。十分だと思います」

「まぁ、真相を知っているハンターは多くない。赤ならば止めさせるが、黒なら少しは役に立つところじゃったが……」

ギルドでキャサリンさんを加えて、村の東門を出た。

まずはガトルの群れを探すことから始める。

商人達がガトルの襲撃を受けた場所まで来たらしく、セリウスさんが立ち止まった。

「人数も多い。二つに分かれてガトルを捜索する。キャサリンとミケランに俺の三人とアキト達六人に分ける。これを渡しておくぞ」

セリウスさんは俺に木で作った小さな笛をくれた。

「何かあれば、二回続けて吹け。それを続けるんだ。ミケランと俺が聞き分けられる。俺が吹けばミーアが聞き取れる」

犬笛の一種なんだろうか？　でも、セリウスさん達はネコ族だよな。


セリウスさん達はアクトラス山脈を街道方向に捜索する。俺達は村の方向だ。

山に分け入ると、木立が鬱蒼《うっそう》と茂る森になる。二〇〇メートルほど進むごとに立ち止まって周囲を確認していく。

そんなことを十数回繰り返した時だ、サーシャちゃんが何かを見つけたようだ。

「あの繁みの向こうで何かが動いたのじゃ！」

俺に小声で教えてくれた。こっちを見てる姉貴に頷いて、確認方向を指差す。

姉貴が双眼鏡で確認してる。ミーアちゃんも海賊望遠鏡で見ているぞ。

「ガトルだわ。でも数が思ったより少ない感じね。……どうする？」

俺も姉貴から双眼鏡を借りて確認する。数頭のガトルだ。確かに少なすぎる。

「一旦、セリウスさんと合流する。ここから、横に歩けば近づけるはずだ」

姉貴は俺に頷くと、ゆっくりとこの場を離れていく。他の連中もゆっくりと後を追う。

一〇〇メートルほど離れると、また周辺を監視しながら街道方向に進んでいく。

そんな感じに進んでいると、右手奥の方に岩山が見えてきた。その岩山に岩が重なったような穴が見えた。

姿勢を低くして、姉貴が双眼鏡で覗く。

「どうやら、あの穴がガトルの棲家みたいだよ」

双眼鏡を借りて覗くと数匹のガトルが穴を出入りしている。そして、穴を少し離れた所には大型の獣の骨が積まれている。

「離れるぞ！」

俺は小声でそう言うと、皆を少しずつ後に下がらせた。

アルトさんが俺に近づいてきた。

「あそこにいたのか？」

「ああ、奴等の棲家だ。先に見つけたガトルは狩りをしているところだと思う。ここを中心に周辺の獣を狩っているんだと思う」

「そうか……。では、セリウス達との合流を急ぐぞ」

そうは言っても、この辺はガトルの縄張りだ。注意深く辺りをうかがいながら進んでいく。

「この辺なら、笛を吹いてもいいんじゃないかな」

姉貴の言葉に頷いて、セリウスさんに貰った小さな笛を吹く。

ピィーー、ピィーーと二度吹いてしばらく休み、また笛を二度吹く。数回繰り返したところで、街道の方向に進んでいった。


「笛が聞こえた！」

ミーアちゃんが耳を立てる。キョロキョロと首を回して方向を探っている。

「あっちの方向から聞える！」

俺達はミーアちゃんの示す方向に走り出した。やがて、遠くに長身のセリウスさんの姿を見つけることができた。後ろには、ミケランさん達の姿が見える。

「何かあったか？　笛の音がしたので急いで来たのだが」

セリウスさんとミケランさんは、普段どおりだけど、キャサリンさんはハァハァと息をしている。相当急いで来たようだ。

「どうやら、棲家を見つけたようです。それで急いで呼んだんですけど」

「まぁ、座れ。先ほど周囲を見回したが、ここは安全なようだ。一息入れようじゃないか」

皆で車座になって座ると、俺達が見つけた岩穴の話をセリウスさん達に話した。

「まず、あそこがガトルの群れの巣窟とみて間違いないじゃろう。次は、統率するものが何かじゃが、巣穴の外に一箇所になって獣の骨が捨ててあったそうじゃ。ガトルはそんなことはせぬ。……やはり、人狼とみるべきじゃろうな。後は、奴等との戦いの場じゃが、あの棲家《すみか》は感心せんな」

周囲の木立が多いし、キャサリンさん達が身を守れる場所がない。

姉貴の困った顔を見ていたミケランさんが、ふと顔を上げた。

「セリウス、さっきの場所はどうかにゃ？」

ミケランさんの言葉に少し記憶を辿っていたセリウスさんが大きく頷いて拳を叩いた。

「そうだ。よく思い出したな。この東にちょうど良い場所がある。大岩の前に大きな木が何本か生えているのだ」

「後で、そこに行くとして、餌が欲しいですね」

「ラビを狩ればよい。途中で何匹か見かけたぞ。ラッピナよりは大きいから、サーシャでも狩れるじゃろう」

アルトさんの言葉に、二人が身を乗り出してきた。


「では、出かけるぞ！」

セリウスさんを先頭に二十分ほど歩きながら、途中でラッピナより一周り大きなウサギのような獣をアルトさん達が数匹捕らえた。

案内された場所には、大きな岩があった。平屋の家位あるし、その回りには太い枝を横に伸ばした立木がたくさんある。下草は少ないから足を取られる心配もない。正に理想的な場所だ。

「では、配置を説明します。その前に襲撃点を決めますよ」

姉貴は皆を集めて説明を開始した。

まず、襲撃点を設定する。岩の上にキャサリンさんに登ってもらい、爆裂球を投げられる距離を確認する。

投げられた爆裂球は岩の前方三十メートルくらいの場所に落ちた。

「ここに人狼が立った時に攻撃を開始します！」

姉貴は、爆裂球が落ちた場所に立った。自分の時計を見ながら配置を決めていく。六時の位置は俺が岩を背にして囮になる。

姉貴とアルトさんは、十時と二時の位置にある立木に登る。ミーアちゃんとサーシャちゃんは八時と四時の位置だ。

最後に俺の後の岩の上には五時と七時の位置になるようにキャサリンさんとジュリーさんが一緒に登る。

「皆、分かったかな。自分の持ち場に何か印を付けておいてね」

そう言って、持ち場を確認していた俺達を集めた。

「次に、辺りに罠を仕掛けます。やり方は、爆裂球を木に結んで、爆裂球の紐をこの紐に結んで長くして、離れた木に縛り付けます。地面から１Ｄ（三十センチ）くらいの所に紐を張るようにしてくださいね。あと、爆裂球を仕掛けた木には目印を付けてください」

今度は爆裂球を三十個ほどバッグから取り出した。紐も束で同じようにバッグから取り出す。

数個ずつポケット等に詰め込んで罠を仕掛けに行く。ただ、時計の0時方向には仕掛けない。この方向だけ空けておくのだ。

俺達は自分の持っていた爆裂球も合わせて、何重にもなる地雷原を作り上げた。

いよいよ人狼狩りだが、その前に食事を取ることにした。腹が減っては戦もできないからな。遅い昼食なのか、それとも早い夕食なのか判らないけど、それでも食べればやる気は出てくる。火を焚けないので水で硬くなった黒パンサンドを流し込むと、いよいよ作戦開始だ。

姉貴達が所定の立木に登り始める。ミーアちゃん達は登った枝に腰掛けて、更に高い枝にロープを通して腰に結んでいる。あれなら、足を滑らして落ちることもないだろう。

俺は、襲撃点と俺の配置位置の間に小さな焚き火を作る。ハンターが狩りの帰りに野宿しているように見せかけるためだ。

キャサリンさんとジュリーさんが俺の後の岩によじ登った。俺が爆裂球を投げるのに合わせて、二人が【メルト】を放つ手筈になっている。

「後は俺達だな」

セリウスさんは襲撃点の周りに、ラビーをナイフで引き裂いてばら撒くと、ラビーを両手に持ったミケランさんと一緒に、姉貴が教えた岩穴の方向に走っていった。

三十分ほど経ったろうか、セリウスさん達が帰ってきた。

二人で、今まで罠を仕掛けていない0時方向に数箇所、爆裂球を仕掛けると急いで三時と九時の方向にある立木によじ登っていった。

M29をホルスターから抜いてベルトの前に差し込んでおく。左手で爆裂球の紐を指に巻きつけて握る。

待つのは、あまり好きではないけど、この場合は仕方がない。


突然、遠くで爆裂球が炸裂した。急いで焚き火を離れると、岩の前に立つ。

爆裂球の破裂音は更に近づいてくる。

ガォン……という、低く唸るようなガトルの吼える声も聞える。結構な群れのようだぞ。

周囲の爆裂球がたてつづけに炸裂すると、突然周囲が明るくなった。ジュリーさんが三個の照明球を上げたみたいだ。ガトル達が照明球の明かりが届くギリギリのところで、俺を半円形に囲んでいるのが見えた。


ゆっくりと奴は現れた。

その姿は……神話の世界にこそ相応しい。身長は二メートルを超えている。グライザムといい勝負だ。筋肉質の体は一〇〇キロを超えているだろう。汚れた革ヨロイから伸びた銀色の毛で覆われた腕は俺の腿《もも》くらいの太さがある。

その右腕には、使い古された長剣を片手剣のように持っている。だが、その姿をして異質に感じるのは、頭が人ではないからだろう。その頭にあるのは、大きな獣の頭であった。ガトルに類似した犬の頭。いや、犬というよりも、その尖った口に覗く牙から狼を連想する。……なるほど、人狼なんだ。

ドォン！　……ドドォン!!

爆裂球の炸裂音が周囲に木霊《こだま》した。

ガトル達の包囲が狭まって地雷に触れたのだろう。

だが、俺はそんなことは気にせずに前を見る。人狼が少しずつ近づいてきたからだ。

小さくなった焚き火の明かりで奴の眼光が黄色く光る。ゆっくりとだが地面を滑るように近づいてくる。俺まで、あと一〇〇メートルほどに迫ってきた。

俺の回りには僅かに人の気配はあるが、奴は気付かないようだ。皆ジッとして動かないけど、初めて見た人狼に動揺しているのは俺には分かる。

【アクセル】……。俺は小さく呟くように魔法で身体能力を向上させる。

奴の足元で爆裂球が炸裂する。しかし、革ヨロイで衝撃が吸収されるのか、奴の表情に変化はなかった。

だが、これも計算のうち、立木の上で待ち伏せしている姉貴達を感づかせない為だ。

更に近づいてくる。距離は五十メートルほどだ。俺は奴から目を離さずに、左手の爆裂球の紐が指に絡んでいるかをそっと確かめた。

姉貴が目印に小枝を差した場所に奴が片足を下ろした時、俺はすかさず爆裂球を投げつけると、銃を抜いて両手で持つ。

ドドドオォォン!!

俺の投げた爆裂球とジュリーさんとキャサリンさんが放つ魔法が一斉に、連続して奴の周りで炸裂する。

M29を奴に向けてぶっ放す。それを合図に、奴にボルトが突き刺った。

こちらで見えるのは二本。いずれも腹に深く刺さっている。俺の弾丸は外れたみたいだな。

二発目の弾丸を発射する。44マグナムの着弾衝撃で奴がのけぞる。倒れることはないが、頭を左右に振っている。かなりの衝撃を与えたようだ。

「ウオォー（ニャアァー）!!」

ふらついた奴の両側から、セリウスさんとミケランさんが交差するように走り込む。

到達がやや早いセリウスさんの一撃を長剣で防御する隙にミケランさんが片手剣で奴の腕を斬りつけた。二人は斬り結ぶことなく素早く距離を取る。

シュタ！　と、また奴にボルトが刺さり、今度は前に仰《の》け反《ぞ》った。

姉貴のボルトが、いい所に当たったんだろう。

俺も、三発目を発射する。腹に受けた銃弾の衝撃で奴の動きが一瞬止まった。

その隙を逃さず魔法が奴に向かって炸裂する。

キャサリンさんの【シュトロー】で凍りついた右腕を、左から走り込んできたセリウスさんが片

ギ

手剣で叩き折る。

それでも、奴は俺に向かって歩みを止めない。

更にボルトが刺さる。今度は足にボルトの一本が貫通している。引き摺るように歩いてくるぞ。

焚き火の前まで来た時に奴の腹から刃が飛び出した。

全身を痙攣させながら「ガオォォーン！」と雄叫びを上げると、体中の傷口から血潮が飛び散った。

その場からいきなりジャンプすると俺の目の前に着地する。奴の長剣を持った左手が俺の顔目掛けて振り下ろされる直前、奴の大きく開いた口目掛けて、トリガーを引いた。

ドゴォン！

奴の後頭部が吹飛ぶと、ゆっくりと俺に抱きつくように倒れた。その背中にはグルカナイフが深く突き刺してある。焚き火の奥から成人したアルトさんの姿が現れた。

セリウスさん達が走ってくる。後頭部の大穴を見てびっくりしているようだ。

「やったな。確かに人狼だ。しかもバルダルク……。よく我等で倒せたものだ」

「やはり、バルダルクか。あれだけのボルトを受け、なおかつ片腕を失っても、目的を遂げようとは……。話には聞いていたが、これほどとはな」

セリウスさんとアルトさんが何やら話し合ってる。

姉貴やミーアちゃんも木から下りてきた。

俺は、サーシャちゃんと歩いてきたジュリーさんにたずねてみた。

「アルトさん達が言ってる、バルダルクってなんですか？」

「バルダルクとは狂戦士を指す言葉です。自分の敵を見つけたならば、たとえ自分がどんな傷を受けようともそれに向かって進んでいきます……」

遠い昔は薬物でそのような戦士を作ることができたそうだ。今ではどの国も邪法として禁じられているらしい。だが、人狼が高レベルになると、狂戦士となる麻薬を自らの体で生成できると教えてくれた。

要するに退くことを知らない戦士になれるわけだ。

「アキト、凄かったね。このクロスボウ二本でも倒れないのよ。ミーアちゃんのだって三分の一くらいボルトが食込んでいるのにまるで変化ないんだもの。驚きの生物だよね」

俺には姉貴の方が驚きの生物だと思ったけど、口にはしない。

さて、後は後始末をどうするかだよな。

セリウスさんに聞いてみると、討伐証明部位を確保して終了となるらしい。その部位はガトルと同じだそうだ。

幸いにもマグナム弾で吹っ飛んだのは後頭部だから、奴の口を開けて牙を取り出す。

その後は、スコップナイフで大きな穴を掘り、そこに埋葬した。

焚き火の火を大きくして、お茶を沸かす。簡単なスープを作って皆で飲むと体も温まるし、今までの緊張がほぐれる。

今夜はここで野宿だ。交替で焚き火の番をしながらゆっくりとマントに包まって寝ることにした。

幸いにもその夜、ガトル等に襲われることはなかった。

「ガトルは本来大きな群れを作ることはない。人狼が倒されたので、散り散りに森の中深く退散したのだろう。これでギルドの依頼は全て達成だ」

セリウスさんの話を聞きながら簡単に朝食を済ませると、さっさと引き上げの準備をする。

まず、昨晩仕掛けた爆裂球の罠を回収する。誰かが引っ掛かったら大変だしね。それが終わると、爆発した場所の周辺に散らばるガトルの死骸から牙を回収して、村に戻る小道の方に皆で歩き始めた。

村への小道に出ると、後は村を目指して歩くだけだ。途中でちょっと休憩しながらも、昼過ぎには村の東門を通ることができた。

その足でギルドに向かう。ホールのテーブルに皆で座り、お茶を頼む。シャロンさんとの交渉はセリウスさんにお任せだ。

俺達がお茶を飲んでいるとセリウスさんが戻ってきた。俺達の前に銀貨を五枚ずつ配る。

「今回の報酬だ。残念ながら人狼の報酬は規定がないので出せないそうだ」

「これが、我のした仕事に対する評価なのじゃな」

銀貨を積上げながらサーシャちゃんが呟《つぶや》いた。

「そうですよ。王国の誰もが仕事をして、その収入を得るのです。それは、王族とて例外ではありません。仕事には種類があり、見えないものも多いのです。サーシャ様は今回初めて目に見える仕事をしたので、目に見える銀貨を頂いたのです」

こういうのを教育っていうんだろうな。でも、お転婆姫にはこういう人がついていないと、どんな人になるか心配だけど、ジュリーさんがいれば安心なような気がする。

そんなことを話しているうちに夕暮れ時が近づく。

俺達は、セリウスさん達に別れを告げると急いで帰宅した。

5話

The 5th STORY

冬の出来事

久しぶりに、ゆっくりと寝ていたような気がする。

隣の姉貴はまだ寝ているけど、枕元のカゴに脱ぎ捨てた服を着て梯子を下りた。

まだ、誰も起きていないようだ。結構朝晩は冷えるようになってきたから、布団から出られないのかもしれない。

すっかり灰に覆われてる暖炉の火を掻きたてて、焚き木を載せると勢いよく燃え出した。適当に少し太めの焚き木を投げ込んでおく。

外に出て、井戸で顔を洗う。目の前にそびえるアクトラス山脈の峰々はすっかり白く化粧を施していた。吐く息も白い……。もうすぐここにも雪が降り始めるのだろう。

「あら、おはようございます」

振り返ると、ジュリーさんがマントを羽織って立っていた。

「おはようございます。皆はまだ寝てるんですかね」

ジュリーさんは少し微笑んだ。

「そうなんですよ。アルト様達も起きてはいるんですが、まだベッドの中です」

互いに顔を見合わせて笑い出す。

井戸をジュリーさんに譲って家に入ると、まだリビングは冷えている。

暖炉に水を入れたポットを吊るしていると、「これをお願いします」と黒パンを入れたカゴを渡された。暖炉にかざして軽く焼き始めると、ジュリーさんが、野菜スープの鍋をお湯が沸いたポットと交換して暖炉にかける。

家の中が温まり始め、黒パンの焼ける香ばしい匂いがリビングに漂い始めると、ゴソゴソと音が聞こえてきた。

「「「おはよう！」」」

どうやら、起きてきたようだ。俺とジュリーさんに挨拶すると、ぞろぞろと家の外にある井戸に連れ立って出ていった。

四人が帰ってくる頃には、ジュリーさんの手で、テーブルに朝食が並べられていた。

ジュリーさんって意外に多彩なスキルを持っているような気がする。

魔道師で、ハンターで、アルトさんの付き人みたいだし、料理の腕は食堂のおばさん並だし、その上メイドさんみたいにサーシャさんの世話までしてる。

ひょっとして、元祖戦うメイドさんなのかな。なんて考えながら黒パンを千切ってスープにひたしながら朝食を頂いた。

「アキトはこの後、どうするの？」

「そうだな、この間の続きをするよ。大体できたから後は色を付けるんだけど、暖炉で焼いてもいいかなって考えてたんだ」

「そうなんだ。盤の方はどうするの？」

「この間の木箱の蓋で作ろうと思う。暖炉の火バサミなんかをうまく使えば模様もなんとかなると思うよ」

「だったら、私とアルトさん達で仕上げるから、アキトはセリウスさんの方を手伝ってあげて。来春には赤ちゃんも生まれるわけだし、寒いのは可哀相だよ」

確かに、後は俺がなんてセリウスさんは言ってたけど、人手があるわけではないしね。

「そうだね。じゃあ頼んだけど、火事には気をつけてね」


そんなことで、手に入れた甲虫の羽を持ってセリウスさんの家を訪ねることにした。

マントを羽織って家を出るとアクトラス山脈から吹き降ろす風が冷たい。

通りにも人通りがなく、村の家の煙突から暖炉の煙が出ている。こんな日には暖かい家の中で仕事をしているんだろうな等と考えながら先を急ぐ。

セリウスさんの家の軒下には、大量の焚き木が積んであった。家を造ったときの残材や村人から購入した焚き木なんだろうけど、やはりこれぐらい必要なのかな。家の方の焚き木はだいじょうぶなんだろうかと少し心配になるほどだ。

扉を叩くと、「誰にゃ」と言いながら、ミケランさんが開けてくれた。

「アキトにゃ。外は寒いから早く入るにゃ」

すぐに暖炉まで追い立てられるように迎え入れられた。

「アキトか。この前はご苦労だった」

セリウスさんは暖炉前でパイプを煙らせている。朝の優雅な一時にどうやらお邪魔したようだ。

「まぁ、座れ」と言われたが、その前に甲虫の羽をセリウスさんに渡す。

「この間、お話しした甲虫の羽です。窓に使えるんじゃないかと持ってきました」

受け取った羽をじっくりと見ている。

「十分に使える。これで、この部屋と隣の窓を布で目張りしなくともだいじょうぶだ」

「ありがとう」と言葉を添えて暖炉の脇に片付けた。

「はいにゃ」ってミケランさんが俺にお茶のカップを渡してくれた。

「甲虫の羽はありがたいが、羽に剣で付けられた傷が何箇所かあった。……アキト、意味することは分かるか?」

「いえ、……甲虫との戦いで付けられたものではないのですか?」

「甲虫の狩りは槍か弓だ。剣は使わない。甲虫の羽は軽く丈夫で加工しやすい。このため多くが鎧や盾に使用されるのだ。しかし、この王国では使われていない。だとすれば、近隣王国で何らかの戦いが起きた可能性が高い。戦場で拾った物を商人達が流通させたと考える」

「そこまで、分かるんですか」

「まぁな。だが、そう深刻な顔をするな。甲虫の羽の装備など遥か西方の王国だ。この国がすぐに戦を始める可能性はない」

「でも、トリスタンさんはサーシャさんを俺達に一時預けてますよ。何らかの事情があるはずです」

「隣国と政治的な駆け引きが生じる可能性については聞いている。だが、それも心配するほどのことはなかろう。隣国からの使者が春には王国に来るはずだ。これは、サーシャ様の兄、クオーク様の妃選びに関係している。使者の中には、これを機会にサーシャ様を自国の嫁にと策を巡らす者もおるので、一時的にこの村に置いたのだろう。娘は重い病に……と言い訳したところで、肝心の王女が走り回っていたのではトリスタン様も言い訳がしづらいだろう」

要するに、兄貴の嫁選びの最中はお転婆娘はどっかに隠れてろって訳だな。なんかサーシャちゃんが少し気の毒になってきた。


一息入れて、セリウスさんと窓を作り始める。

窓の寸法を測って、窓枠を作る。枠を二個作り、枠の間に甲虫の羽を差し込んで接着剤で固定する。できた窓枠を簡単な蝶番で窓に取り付ければ完成だ。

窓の外には跳ね上げ式の板窓、そして、内側に開く甲虫の羽窓、その内側にカーテンがあれば、寒気をかなり弱めることができるだろう。

暖炉の上に設けた窓から入る柔らかい光は、それだけでリビングが暖かくなるように思えた。

俺達が窓を作っている時にミケランさんがシチューを作っていたようだ。

暖炉の煙突の左右に窓を作り終えて、俺達は少し遅い昼食を頂いた。

工事中の残材の板をカーペットに敷いて、その上に木の深皿が並べられているのを見ると少し寂しく感じる。

「セリウスさん。このくらいの木の箱があるんですが、テーブルの代用になりますか？」

「ありがたい話だが、貰っていいのか？」

「はい。だいじょうぶです」

そんな約束をして、俺は帰宅したのだが……。扉を開けても誰も俺を相手にしてくれない。ふかふかカーペットに皆で座っているようだ。


「ただいま」ととりあえず声を出してみる。

「お帰り……。ちょっと待って、そこはね……」

ん？　何をしてるんだろうとテーブルを通りすぎ、皆の所に行ってみると、チェスの最中だった。

ミーアちゃんとサーシャちゃんの対戦だが、その後に軍師がついている。

どれどれって覗いてみると、どうやら終盤戦でミーアちゃんが優勢なんだけど、なかなか良い所にナイトが利いている。深入りするとクイーンを手放さなければならないみたいだ。

ミーアちゃんがルークを動かす、ポーンが移動し、それをナイトが取る……。

「チェック！」

すかさずクイーンが動き、それをミーアちゃんのクイーンが取る。

「チェック・メイト！」

「ウゥーン……負けたのじゃ」

どうやら、俺の作ったゲームは好意的に受け入れられたらしいけど、俺がゲームに参加するのはかなり後になりそうだ。


「そうなんだ。でもよく気が付いたわね」

姉貴にセリウスさんの家での出来事を話した。そして、木箱を一個進呈する話も。

「あと、軒下に沢山の焚き木があったけど、この家はだいじょうぶかな？」

「この冬は越せるみたいだけど、雪が降ったら山から焚き木用の木を切り出すみたいよ。それが来期の冬越しの焚き木になるみたいだけど」

木に水分が少ない季節に焚き木用の木を切り出すわけだな。秋まで乾燥させて焚き木割りをするんだろう。

だとしたら、運搬用のソリを作らないとまずいな。それに雪靴……。うわ～、いろいろと必要になる。冬はこの村にハンターが少なくなる原因が少し理解できてきたぞ。

さて、何から取り掛かろうかとテーブルで考えていると、ジュリーさんがお茶のカップを差し出してくれた。

「チェスですか……。たいへん面白いゲームですが、これを広めてもよろしいでしょうか？」

「構いませんけど、広まりますか？　この国にナイトの職種はないと聞きましたが？」

「ゲーム上の職種としておけば問題ありません。この国には娯楽があまりありません。この種の潜在的な要望は高いのです」

それだったら他のゲームも作ってあげたいけど、すぐに思いつくのはスゴロクかな。ボードゲームの定番だし、人数が多くてもできるしね。

早速、箱の側板を使って、少し複雑なスゴロクを作り始める。

板に時計回りに渦巻き状に中心に向かうような線を引くと、適当に罠を仕掛ける。罠といっても、ガトルに出会って一回休みとか、ギルドでレベルアップ五個進む……とか、そんなものを沢山盛り込んだ。

最後に、サイコロの木片に暖炉で焼いた火箸《ひばし》で目を作る。

「ジュリーさん。これなんかどうです。皆で遊べると思うんですけど？」

アルトさんと姉のチェスを観戦しているジュリーさんに聞いてみた。

「どのように遊ぶのですか？」

不思議な物でも見るように板を見ている。

早速、暖炉の前に板を置くと、嬢ちゃんずを招いて簡単な説明を行う。

「このサイコロとかいう物を転がして、上面の星の数だけ、自分の駒を進めていくのじゃな。そして、ここに早く到達したものが勝ちとなるということじゃな?」

「そうだよ。でも、ここに駒が来た場合は、ここに書いてあるとおりにしなければならないから、そう簡単に到達できないと思うけど」

とりあえず始めようってことで始まったのだが……。

「なんで、こんな所にタグがいるのじゃ。しかも、後ろに三つ逃げる。とは……」

「やった!『ギルドに依頼を届けて二つ前進』。順調に進みすぎて怖いくらいじゃ。アルト姉は……」

サーシャちゃんが、アルトさんにギロって睨まれてる。

「わ〜い! レベルアップでもう一回サイコロが振れるよ!」

ミーアちゃんも順調みたいだ。

俺は、最後尾を進んでいる。先ほど止まったマスは、『グライザムと格闘、怪我をして一回休み』だもんな。

そんな俺達を見ながら何やら熱心にメモをとっているのはジュリーさんだ。

なんでも、遊び方の手引きを書いているようなことを言っていたけど、この世界で始まるチェスとスゴロクってどんなものになるかちょっと楽しみになってきた。

そんなある朝のこと。いつものとおり起きて顔を洗いに外に出ると、そこは一面の銀世界だっ

Start
Goal

た。急いで顔を洗うと、家に戻り大きな声で叫んだ。

「雪が降ってるぞ。もう積もってるぞ！」

とたんに家の中がバタバタと騒がしくなる。そして、俺の横を風のように一団が通りすぎる。

「ホントだ」、「きれいね」なんて声が聞えてくるが、この後すぐに暖炉の前に移動してくるのは目に見えている。

その前に、暖炉に急いで焚き木を注ぎ足して火の勢いを上げておく。

ジュリーさんに淹れてもらったお茶を飲んでいると、バタバタと外から嬢ちゃんずが帰ってきた。

「「寒い！」」って暖炉前を早速占拠する。

姉貴も、梯子を下りてきた。どうやら、嬢ちゃんずの騒ぎで寝ていられなかったらしい。

ミーアちゃんに「雪が積もってる」って言われて早速外に飛び出していった。

いったい幾つになったんだ。そういえばアルトさんだって、ふと見ると睨まれた……。

すぐに「寒い！」と言いながら姉貴が家に飛び込んできて、嬢ちゃんずの間に潜り込む。そんな彼女達を、ジュリーさんがにこにこと微笑んで見ている。

「さあ、朝食ですよ」

ジュリーさんの声に彼女達がテーブルに集まる。俺は暖炉から鍋を下ろしてジュリーさんに預けた。

「アキトの今日の予定は？」

黒パンサンドをモシャモシャと食べながら姉気が訊ねた。

「そうだねぇ……ギルドの依頼を見てみて、面白いのがあるか見てこようと思ってるけど……、なければソリでも作ろうかな」

ソリの言葉に嬢ちゃんずが反応を示したが、とりあえず無視しておく。

朝食が終わったところで、マントを羽織りフードを頭に深く被ると、ギルドに歩いていく。


キュッ、キュッと雪を踏みしめ村の通りを歩いていく。誰も通らない雪道に自分の足跡が付くのは気持ちがいい。

ギルドの扉を開くと、「おはようございます」と挨拶したが、ギルドにはカウンターにシャロンさんがいるだけだった。

それでも、俺の挨拶に「おはようございます」と返してくれる。

依頼掲示板のところに歩いていくと、掲示板には依頼書が何もない。ホントに何もないんだな。

感心を通り越して呆れてしまう。


「依頼が、全然ないんですけど……」

カウンターに行ってシャロンさんに聞いてみた。

シャロンさんは編み物をカウンターに置くと、奥の暖炉に焚き木を投入して、暖炉に掛かったポットでお茶を入れてくれた。

「そうですね。今朝は雪も降りましたし、この季節の依頼は三日に一件程度です。それも、多くは毛皮商人からの雪レイム狩りですから、できれば村人に廻して頂きたいのですが」

「そうですか。では、また来ます。……ご馳走様でした」

シャロンさんにお茶の礼を言って、とぼとぼと帰宅する。

確かに、雪山では依頼はないだろう。来春までの長い日々をどうしようというのが俺の悩みとなった。どう考えても嬢ちゃんずが大人しく家で過ごせるとは思えない。


家の扉を開けると皆が一斉に俺を見る。

「どうだった？」

俺がテーブルの席に座るなり、姉貴が訊ねた。

「全くない。掲示板に依頼書は一枚もないよ。それと、たまに雪レイムを狩る依頼があるみたいだけど、できれば村人に廻してくれって言われた」

姉貴はロフトに上がっていくと図鑑を持ってきた。

テーブルに図鑑を広げてレイムを探してる。

「ああ、これだね。狐みたいだけど、レイムっていうんだ。……冬には白い冬毛に覆われるって書いてある。需要は冬に限定されるみたいだから、アキトが聞いてきたとおりだわ」

注意書きを見ると、罠で狩るとあった。だとすれば、雪レイム狩りは娯楽の少ない村人の現金収入を兼ねた楽しみなのだろう。それならば俺達は邪魔をしない方がいい。ここは大人しくソリでも作ろう。焚き木用の丸太も運べるし、嬢ちゃんずの遊びにも使えそうだ。

簡単に昼食を済ませると、材料を貰いに約束した木箱を持ってセリウスさんの家にお邪魔する。相変わらず床用の板を製材していたが、その甲斐あってか暖炉周辺にはもう床板が張られている。

「アキトか。相変わらず板を切っているが、まだまだ足りん。春までこの作業が続きそうだ」

そう言いながらも、ギコギコとノコギリを挽いている。

「まぁ、座るにゃ。床板があるから少しは楽にゃ」

「それは、何よりですね。……あのう、これを持ってきたんですが」

俺は、家の外に置いてあった木箱を見せた。

セリウスさんは受け取るとすぐに暖炉の前に持っていくとカーペットの上にドカっと下ろす。次に暖炉の脇にあった袋から布を取り出すと箱の上に載せた。

「丁度いいテーブルになるな。椅子は俺達には無用だから、これで板に食器を並べずに済む。ありがたく頂くよ」

早速、ミケランさんがお茶のカップを並べて、暖炉のポットを下ろすとカップにお茶を注いだ。

「セリウスも一息入れるにゃ。ほら、アキトも暖かい方に来るにゃ」

何か親戚の家に来たみたいで、いつも俺を快く迎えてくれる。

この世界に頼れる人がいないから、セリウスさん達の心遣いは嬉しかった。

お茶を飲みながら、二人にギルドでの話をする。

「確かに今日は初雪だ。この雪はしばらく続くから、ギルドの依頼もそんなものだろう。そして、雪レイムについてはお前の考えでいいだろう。村人の冬の貴重な収入源だ。ハンターでなくてもこなせるなら俺達がすることもない。……だが、準備はしておけ。雪レイムは他の肉食獣の獲物でもある。そいつらは俺達の獲物だ」

要するに、村人の狩りの邪魔になるものは俺達が出ないといけないってことなんだろうな。

「だいぶ、ミケランの腹も大きくなってきた。もし、そのような事態が生じたならば、お前達で対処して欲しい」

「そんなことがないように願いたいですが……分かりました。でも助言はお願いします。それと、少し木材を分けてもらえませんか。ソリを作りたいんで」

「たっぷりあるから幾らでもやるが、『ソリ』とは何だ？」

俺は、二人にソリを説明した。滑走面を持ち、雪や氷の上を滑らすものだ。とは言ってみたけどはたして理解できたのか……。

「『シュラ』みたいなものだな。冬の焚き木取りに使えそうだ。できれば二台作って欲しい」

セリウスさんに追加注文を出されてしまった。

まあ、それほど複雑でもないし、材料提供もあることだからセリウスさんの傍らで早速製作を開始する。

材料の加工は面倒だけど、基本は井型に木材を組み合わせるだけだから、夕方には二台のソリを作ることができた。

「これが、『ソリ』か。『シュラ』の小型版だな。だが丸太運びには十分だ」

でき上がったソリは長さ一・二メートル、横幅が六十センチほどの小さいものだ。でも、基本は嬢ちゃんずのオモチャだし、これだって十分に荷物運びは可能だ。

最後に、ソリの前にある横木に五メートルほどのロープを輪にして通せばでき上がり。

早速一台をロープを引いて雪の上を滑らせながら家に帰ることにした。

ソリには船を作る木材も積んである。

全て木造で作ることは困難だと思うけど、枠を作って革を張ればそこそこ使えるんじゃないかな。耐水塗料があれば更に問題がなくなる。

帰り際に「ありがとうございました」と挨拶すると「また、来いよ」と言ってくれた。

帰宅すると、暖かいリビングで嬢ちゃんずはスゴロク、姉貴とジュリーさんはチェスで対戦中だ。

「ただいま」の声に「お帰り！」と言ってくれたけど誰も俺を見てないぞ。安全上問題なような気もするが、このメンバーがいたらたとえ盗賊でも無事には済むまい。そう考えれば問題ないのだが、ちょっと寂しい気もする。

「チェック・メイト！」

姉貴の宣言でどうやら対戦は終了したようだ。はぁ……とジュリーさんがため息をついてる。

「どうだったの？」

実に曖昧な質問だが姉貴の場合はいつもこうだ。

「暖炉の前は床板ができていたよ。持っていった木箱は丁度いい具合にテーブルになった。昔のちゃぶ台って感じに使うみたいだ。……ああ、それとミケランさんのお腹が大きくなってきたって言ってた」

そう言って、テーブルの上の駄菓子を摘む。硬いクッキーみたいな奴なんだけど、お菓子がこれしか売ってない。

「そうなんだ。後で皆でお邪魔しようっと」

「『獣討伐の依頼があるかもしれないから準備をしとけ』と言ってたよ。雪レイムを狙う獣がいるらしいね。それと、ソリを作ったよ」

「灰色ガトルやグライザムがそれにあたります。狩猟期に出会ったグライザムはまれに見る大きさでしたが、通常でもセリウス様より大きいですよ。灰色ガトルは通常の二倍ほどですが極めて獰猛です」

ジュリーさんがシチューの下ごしらえをしながら教えてくれた。

となると、雪山装備を本格的にしておく必要があるな。それと、嬢ちゃんずには雪山は無理だと思う。これも何とかしておく必要があるな。

そんなことを話した数日後、夜中にドンドンと扉を叩く音で眼が覚めた。急いで服を着て、扉を開くとセリウスさんが立っている。

「灰色ガトルに村人が襲われた。急いでギルドに集合してくれ」

俺に伝えると雪の中を去っていった。

鍋を焚き木でガンガンと叩くと、音に驚いて皆がリビングに集まってきた。

「なんじゃ。まだ夜は明けんぞ」

アルトさんが口を尖らせて抗議してるけど、それってちょっと子供っぽいぞ。

「セリウスさんから、連絡だ。灰色ガトルに村人が襲われたらしい。俺と姉さんでギルドに出かけてくる。皆も準備だけはしておいてくれ」

皆驚いた顔をしているが、すぐに頷くと部屋に戻っていく。

そして俺は着替えを急ぐと、体にマントを巻きつけて、姉貴と一緒にギルドへ向かった。


外は暗く吹雪いており、どうにか通りが分かる。

この状態で、山狩りなんかしたら何人遭難者が出るか分からない。と考えながら二人で通りを歩いていく。

ギルドの扉を開くと、かつて村に初めて来た時に出会った老いたマスターとセリウスさんがテーブルに着いていた。それに体に包帯を巻いた見慣れない男が一人、武器を持っていないところを見ると村人らしい。

「来たか。まぁ、ここに座れ」

俺と姉貴をセリウスさんが手招きする。

「夜分にすまないの……セリウスから聞いてはおるじゃろうが、雪レイムの罠を見に行った者達が灰色ガトルに襲われた。四人のうち、一人が亡くなり一人が重症じゃ。残り二人も無傷とはいかずごらんの有様じゃよ」

マスターが改めて包帯男に顔を向ける。

「亡くなった者には気の毒じゃが、雪レイム狩りは冬のこの村の重要な現金収入じゃ。止める訳にはいかぬじゃろう。そこでだ、御主達に灰色ガトルを退治してもらいたい。報酬は一名銀貨五枚。……灰色ガトルの縄張りは広い。恐らく村近くの群れは一つじゃ。普通の群れであれば数頭を超えることはない」

「返事は最後にする。それよりも、灰色ガトルに襲われた状況を教えて欲しい」

セリウスさんの言葉に、それまでジッと下を向いていた包帯男が口を開いた。

「森を出て西に向かうと、俺達が三本杉と呼ぶ大きな杉の木がある。その周辺はなだらかな斜面で普段から山ネズミが多いところだ。冬にはそれを狙う雪レイムが次々とやって来る。そこに俺達は罠を仕掛けた。二日ほど前のことだ」

「そして今日、罠を見回りに行ったら……雪レイムが食いちぎられていた。次の罠も同じだったた……その次もそうだ。これはおかしいと、皆で相談して戻ろうとしたら……」

包帯男は嗚咽で言葉が続かない。

「そこを灰色ガトルに襲われたんじゃ。無我夢中で逃げたはいいが途中で転んだ者には群れが襲い掛かったそうじゃ。それで、残りは助かったようなものじゃがの」

老人が補足してくれた。


悲惨な話だ。雪の中で必死に逃げたんだろうけど……一生トラウマになるんだろうな。

「三本杉は知っている。ではその周辺にいるということだな」

「そうじゃと思うがの。どうじゃやれそうか？」

「三人で行く。ミケランは身重だ。キャサリンでは雪山は少し難しかろう。剣姫もあの姿ではな。そしてジュリーはあくまでも剣姫の供だ」

ミーアちゃんとサーシャちゃんも論外だよな。だけど、アルトさんと一緒に一騒ぎしそうな気がするけどだいじょうぶかな？

俺達は早朝に村を発つことにして、ひとまず家に帰る。

セリウスさんは寄るところがある、なんて言っていたけど、何か必要なものでもあるのだろうか。

家では、全員が俺達を待っていた。

「いつ出かけるのじゃ。皆の準備はできておるぞ」

アルトさんが鼻息も荒く言ってるけど、そんな姿でその言葉はちょっと可愛すぎます。

「それがね。セリウスさんと、私と、アキトの三人で山に行くことになったの。皆には、残って欲しいんだけど……」

「何人やられたのじゃ」

「亡くなったのは一人みたいだけど、村に辿り着いた三人も怪我が酷いわ」

「なるほど、血を辿って村に来るやも知れぬというわけじゃな。……となれば、北門を破られる訳にはいかぬか……分かった。我らが村を守り抜こう」

アルトさんが固い決意を示してるけど、置いていくことを随分と好意的に解釈してるような気がするな。それとも、ミーアちゃん達が納得するように自分から姉貴の言葉を補足して納得するように仕向けたんだろうか。


「サーシャ、ミーア。セリウスの家に移動するぞ。ここではイザという時に遅れを取る。毛布もないはずだから、宿泊用具をソリに積み込め！」

嬢ちゃんずが、たちまちのうちに荷物をソリに積み込んでいく。しっかりとスゴロクも積み込んでた。

「良かったですね。姫様の性格はアレですけど、大局を見る目は持っていて良かったと思います」

ジュリーさんがパタパタと荷物を運んでいる嬢ちゃんずを見て俺達に言った。

俺と姉貴は冬山に備えて、耐寒用のインナーを身に着ける。迷彩シャツの上には革の上着を着て、頭にはガトルの毛皮で作られた帽子を被った。装備ベルトを革の上着の上に取り付ける。腰のバッグの中身を確かめて、これに鹿に似た獣の革で作られたマントを羽織ればでき上がりだ。

そして、足には軍用ブーツの上に麦ワラ製の雪靴を履く。雪が深ければ、枝を編んで作ったスノーシューを雪靴に履くことになるだろう。

皆が準備できたところで、セリウスさんの家に向かった。

まだ朝には早く、薄暗い通りを嬢ちゃんずがソリを曳《ひ》いて先行し、俺達はその後ろを歩いていく。結構雪が深くなってきた。通りでももう二十センチほど積もっている。

セリウスさんの家の扉をアルトさんがドンドンと叩く。扉が開いて、顔を出したのはミケランさんだった。

「寒いから、早く入るにゃ」

その言葉に嬢ちゃんずがドコドコと中に入る。早速雪靴を脱いで暖炉の前を占拠した。

家の中では、セリウスさんが身支度をしていた。猫は本来寒いのが苦手なはずなんだけど、そんなことは言っていられないのだろう。

この家もリビングの床板が半分以上張ることができたようだ。これなら、床に雑魚《ざこ》寝《ね》しても、暖炉がある限り寒くは感じないだろう。壁の丸太の隙間も詰め物をしっかりしているようで、前みたいに隙間風を感じることはない。

「アキトとミズキは準備はいいのか？」

革のマントの紐を結びながらこっちを向いてるセリウスさんに頷く。

「では、出掛けるとしよう。……姫様。後は頼みます」

「ああ、頼まれた。存分に暴れてこい」

外に出ると、一気に寒気が押し寄せてくる。

「これを、持っていけ」

そう言って渡されたものは、船の櫂《かい》みたいな物だった。

「雪山ではすこぶる重宝だ。使い方はその都度教えてやる。とりあえずは杖代わりになるだろう」

雪靴で村の北門へと歩いていく。早朝のことで、門の扉はしっかりと閉ざされていた。

急いで門の近くの番屋で寝ていた村人を起こすと、扉の開放を頼む。

「雪レイムを狩る連中が、山から手負いで戻っている。来るとは思えぬが、よく見張っていることだ。万が一にも灰色ガトルが来た場合は俺の家に黒がたむろしている。彼女達に助けを頼め。いいな！」

当番の村人二人は頷くだけだったが、やることは分かったようだ。俺達が門を出ると、硬く扉を閉ざし、門の上から篝火《かがりび》を吊るしていた。

村を出ると、どこが道だかまるで分からないほどに雪が積もっている。一歩毎に雪靴の半分くらいが埋もれてしまう。たまに、櫂で足元を差して硬い場所であることを確認しながら歩いていく。

「少し休むぞ」

セリウスさんがそう告げた時でも、遠くにまだ篝火が確認できるぐらいの距離だ。

「いつ、灰色ガトルが出るか分らん。疲れる前に休みながら行くぞ」

革のマントの上に、体を投げ出すようにして休んでいる俺達に教えてくれた。

休んでいるうちに、【アクセル】を皆に掛ける。体機能二割上昇だけど、少しは歩きやすくなるだろう。

そして、また歩き出す。森の小道は、更に歩きにくくなってきた。たまに枝から雪が落ちる音に驚かされる。

夜が明ける頃に森を抜け、左に進んでいくと、低い潅木だけの野原に出た。

「三本杉はこの下にある。これを利用して滑りながら下りるぞ」

セリウスさんは櫂の柄に腰掛けるようにして櫂の平らな部分で雪面を滑り始めた。感心しながら見ていた俺達も同じように後を追っていく。

すると、すぐに三本の大きな杉が見えてきた。

杉の大木の傍で滑りを止めると、今度は雪だるまを作るように雪玉を作り始めた。

三人で十個ほど作ったところで、杉の木の根元近くに二列に並べ始める。

「アキト。少し下りると森になる。長さが10Dくらいになるように枝を切ってきてくれ。……そうだな、十本くらいは欲しい」

そう言って俺にかたに担いだ片手剣を一本渡してくれた。

早速、教えられたとおりに下の森に行き、枝を担いでくる。

「それをこの上に並べるんだ」

セリウスさんは枝をしならせて、真ん中付近が高くなるようにしながら雪玉に差し込むと、その上に雪を被せ始めた。

中の雪を掻き出し、入口にマントを一つ被せると、即席のカマクラモドキができ上がる。

中は四人が十分に休息できるぐらいの広さがある。入り口近くを更に掘り下げると地面が覗いた。そこで小さな焚き火を作る。

枯枝のぬれた表皮を剥ぎ取り燃料ジェルを塗って作った小さな焚き火だが、濡れた手袋を乾かして熱いお茶を飲むことはできる。

干し肉を炙って齧りながらお茶を飲む。

「ミズキ、夕方までに雪レイムを狩りたいのだが、……そのクロスボウはどれぐらいの飛距離を持つのだ?」

「私のは、そうですね。……300D（九十メートル）はだいじょうぶですよ」

「そこまで当たるのか。丁度いい、数匹仕留めたい」

姉貴とセリウスさんはカマクラモドキを出ていった。

少し早いが俺はここで夕食の準備だ。適当に干し肉と乾燥野菜を鍋に入れて、携帯コンロで煮込む。少し煮込んだところで、調味料を入れ焚き火の傍に置いておけば、夕方にはでき上がるだろう。


だいぶ経った頃に姉貴が帰ってきた。

「日が傾くと急に冷えるね。雪レイムは四匹仕留めたわ。今、セリウスさんが何か仕掛けを作ってるわ」

姉貴は焚き火にあたりながら教えてくれた。

しばらくするとセリウスさんが入口で雪を掃《はら》いながら入ってきた。

「後は待つだけだ。レイムに枝を結んでおいたから、奴等が来たら枝が動いてガサガサと音がでる」

そう言いながら焚き火にあたる。小さな焚き火だけど、カマクラモドキの中は結構暖かい。

「どれほど待つんですか?」

「そうだな。たぶん夜中過ぎになるだろう。少し早いが夕食をとって、交替で休むとしよう」

雪の中で食べる、熱いスープと焼いた黒パン……それが夕食だ。体が温まったところで革のマントで雪の上に寝転ぶ。

毛皮が水を弾くみたいでマントの裏は乾いているし、寒気も伝わってこない。小さな焚き火でも結構暖かく感じる。村を出る時は吹雪いていたけど、今夜は満月が二つ出ている。たまに革のマントをめくって外を確認すると、雪原が眩しいくらいだ。


チロチロと燃える小さな焚き火で暖をとっていると外が騒がしい。

マントをめくって様子を見ると、数匹の獣が何かを引っ張っている。杭に紐で結ばれた雪レイムを取り合っているようだ。紐に一緒に結ばれた枝がガサガサと音を立てている。

急いで寝ている二人の足を揺さぶって起こす。

「来たか（の）」の問いに俺は頷いた。

「います！」と短く答えて、二人に【アクセル】の魔法を掛ける。無論俺にもだ。

すぐに、セリウスさんがマントを少しめくって状況を見ている。

「どうやら七匹いるようだ。雪レイムの所に四匹、少し離れて三匹いる。……殺るぞ！」

早速、準備する。と言っても、手袋をして帽子を深く被るくらいだが……

「いいか、大きな音は出すな。雪崩になるやもしれぬ。武器はここで抜いて出る。外は厳寒だ。剣が凍って抜けなくなるぞ」


俺は刀を左手に持ち、外にそっと這い出した。

続いてセリウスさんが両手に剣を持って、同じように姿勢を低くして這い出してくる。最後に姉貴がクロスボウを抱えて、這い出してきた。その場で、離れた所にいる灰色ガトルの一匹に狙いを定めて……発射した。


遠巻きの一匹が突然何かに吹き飛ばされるように雪の上に転倒する。

「ウオォォー!!」

それを合図に、セリウスさんが大声を上げながら、灰色ガトルに向かって走り出した。

雪原を跳ねるようにセリウスさんが走る後ろを、俺も同じように声を上げて走る。

灰色ガトルは雪レイムから俺達に向きを変えると、「ガルル……」と唸り声を出して威嚇しながら俺達を取り囲こもうとしている。

俺の後ろに回り込もうとする灰色ガトルの顔面に、ボルトが突き刺さった。

姉貴の二射目が命中したみたいだ。視野の外れに小太刀を抜いた姉貴がこちらに走ってくるのが見える。

残り五匹……。だが、残りの奴らは俺達から二メートルほどの距離を置いて低い唸り声を上げながら隙をうかがっている。

「ガアァウ!」ひときわかん高い声がしたかと思うと、セリウスさんに三匹が一斉に飛び掛る。セリウスさんは一歩後ろに下がり両手の剣を素早く上下に振って灰色ガトルの鼻先を斬りつけた。

俺の横にいた奴までも、後ろからセリウスさんに飛び掛った。

足を一歩進めて、そいつに刀で斬り付けた時、左腕に激痛が走る。俺の刀を持つ左腕に大型の灰色ガトルが飛び掛かって噛み付いたようだ。そいつの勢いで、俺は雪原に押し倒され刀は左腕の痺れでどこかに行ってしまった。

なんとか振り払おうと、灰色ガトル共々雪原を転がりまわるうちに、雪原の端にまで来てしまったようだ。いきなり雪の坂を灰色ガトルと共に転げ落ちた。遠くで俺の名を呼ぶ姉貴の声が聞える。

ゴロゴロと転がりながらも右腕で奴の鼻頭を殴りつけたが効果はない。

やがてドンっと衝撃を受けて森の手前で止まることができた。

灰色ガトルの背には太い立木がある。どうやら、奴がクッションになってくれたらしいけど、腕を噛んでいる力に変化はない。衝撃で落下した雪が俺の出血でたちまち赤く染まっていく。

そのまま奴を木にドカドカと打ちつけても噛み付いた力が変わることはなかった。

右手を背後に廻して左腰に取り付けたサバイバルナイフをやっとの思いで引き抜く。

そして、奴の喉の下から後頭部に向けて一気に突き刺した。

そのままえぐるようにナイフを動かすと、低い嗚咽《おえつ》のような声を残して奴は死んでいった。

それでも、腕を噛んだ力に変化はない。腰のバッグからスコップナイフを取り出し、それを奴の口に入れ梃子《てこ》のようにして口を開かせる。

厚みのあるナイフだから折れる心配はない。力ずくでナイフを上下させると、少しずつ奴の口が開き始めた。

ようやく奴から俺の腕を離してホッとしたところに、坂の上から、ザザーっと雪を滑る音がする。

慌てて、奴の喉からナイフを引き抜いて坂を見上げると、セリウスさんが片手に剣を持ったまま、ロープを手に坂を下りてくるのが見えた。

「だいじょうぶか？　俺を守ってくれたのは嬉しいが、お前がやられたのでは元も子もないぞ！」

「何とかなりましたが、まだ腕が痺れてます」

セリウスさんは俺の腕を見ると、自分の小さなバッグから布を取り出して腕をグルグル巻きにした。

「これを伝っていけ。ミズキも無事だ。すぐに手当てをしろ」

セリウスさんは俺にロープを結ぶと。「引き上げろ！」と坂の上に叫んだ。

すぐにロープが手繰られる。ロープに助けられて、何とか坂の上に辿り着いた。


姉貴が駆け寄ってきて、俺に抱きつく。

「もう……、心配したんだから。早く上着を脱いで手当てをしなくちゃ」

姉貴に抱きかかえられるようにカマクラモドキに入ると、すぐに上着を脱がされた。

しっかりと奴の牙が数枚着込んだ服を貫通しており、その周辺は出血で赤く染まっている。

「……そんな！」

レスキューバッグから簡易医療セットを取り出した姉貴が、俺の腕を見て絶句している。何事かと自分の左腕を見ると、出血跡をアルコールで拭き取られた腕には全く傷がない。

そういえば、カードを見せた時にグレイさん達が驚いてたな。確か『サフロナ体質』とか言ってたようだけど、……それがこれか。本当なら骨が砕けていても不思議じゃない状況で、痛感はあったが意識が途切れることはなかった。とんでもない能力だぞ。

とりあえず造血剤を二個渡されお茶で喉に流し込む。……レバーがいいとか聞いたことがあるけど、この世界ではまだレバーの料理に出会っていない。基本的に内臓は廃棄するのかもしれないな。


マントが開き、セリウスさんが入ってきた。

「怪我の程度はどうだ？」

小さな焚き火の傍に座るなり俺に向かって言った。

「治りました。自己治療が可能な体質みたいです」

そう言って左腕をバシバシと叩いてみせる。

「サフロ体質か……話には聞いていたが、あれほどの傷がすぐに治るのか。治療魔法は必要なしだな」

そう言うと「お前のだ」と俺の刀を渡してくれた。拾ってきてくれたみたいだ。

「ありがとうございます」素直に礼を言う。

「なかなかの腕だ。ミズキもな。まさか、ミズキが片手剣を使えるとは思わなかったぞ」

セリウスさん、……姉貴は俺より強いんです。まして姉貴に小太刀《こだち》を持たせたら、俺より安心して後ろを任せられます。

そんなことを思ってはみたものの、こちらをジッと見てる姉貴に気が付き口をつぐんだ。姉貴は隠しておきたいのかも知れないな。

「もうすぐ夜が明ける。明るくなったら村に戻るぞ。俺は奴等の皮を剥《は》いでくる」

そう言って外に出ていった。俺のことが心配でちょっと様子を見に来ただけのようだ。


姉貴は水筒に残った水でスープを作り始める。俺は、ビーフジャーキーの残りを齧りながら小さな焚き火に枯枝を投げ込んだ。

「ジャーキーはまだ残ってるの？」

「いや、これが最後。今度からは干し肉だけど、……そのまま食べられるのか心配なんだ」

すると、姉貴はレスキューバッグから小さな袋を取り出すと俺の手に一掴みのジャーキーを載せた。

「だいじょうぶ。これはなくならないから、心配しないで」

貰ったジャーキーをナイフで切り刻んで鍋に入れていく。残りはありがたく俺のバッグの袋に入れた。

ジャーキーの香辛料で少し辛く感じるかもしれないけど、寒さには胡椒《こしょう》が体を温める。

朝食が少し待ち遠しくなってきた。

鍋が沸騰すると、今度はポットに俺の水筒から水を入れて焚き火にかける。そして、黒パンの残りを焚き火で温め始めた。

「いい匂いだな」

セリウスさんがマントを開けて入ってきた。

ドカっと焚き火の傍に胡坐《あぐら》をかくと手袋を脱いで焚き火に手をかざして暖を取っている。

「毛皮は七枚だ。処理を村人に任せるとして、一番大きな奴は倒したアキトが受け取れ。それと俺達の三人の帽子に三枚。残りの三枚のうち一枚は皮をなめしてくれる村人に渡して、二枚は雑貨屋に売る。銀貨六枚ほどになるだろう」

セリウスさんはパイプに火を点けながら俺達に毛皮の始末を教えてくれた。

「灰色ガトルの毛皮ってそんなに高いんですか？」

俺は思わず聞いてみた。今被ってるこの帽子もガトルの毛皮だけど銀貨一枚もしなかったからだ。

「高いぞ。どちらかと言うと希少価値なのだろうが、ガトルの五倍以上で取引される。それが灰色ガトルであることは、色を見ればすぐに分かるからな」

確かに、俺が被っている防寒用の帽子は茶色に黒が混ざった物だが、灰色ガトルは銀色に近い毛並みだ。

「実際には、十倍以上の価値がある。獲るのは命がけ、この王国でこの冬に取れる毛皮の数も十枚あるかないか」

　プレミア価格ってことだな。

「なら、残り二枚も売らないで、ミケランさんとジュリーさんに進呈しましょう。この間の狩りでまだ手持ち金はあります。アルトさん達だと毛皮の枚数が足りません」

「お前がそれで良いのなら、……ミケランも喜ぶだろうが、欲のないやつだ」

「あの三人に二枚渡したら……大変な騒ぎになりますよ」

　姉貴も賛成してくれた。


　でき上がった朝食を食べ終える頃には、朝日が雪原を照らし出していた。

　あまりの眩しさにバッグからサングラスを取り出す。姉貴も同じようにサングラスを取り出しかけている。セリウスさんは瞳を極端に細くしているようだ。ネコ族だしね。

　村への帰り道は、坂の下りだから少しは楽だが、雪に雪靴が半分以上埋まるので思った以上に進むことができない。適当に休みながら歩いていく。

　それでも、昼過ぎには村の北門に着くことができた。ギルドに行って、シャロンさんに灰色ガトル討伐を報告する。一人銀貨五枚を貰い、灰色ガトルの牙を換金する。ガトルだと25Lだが、こいつは一匹が銀貨一枚だ。牙が大きいので細工用として珍重されるらしい。銀貨七枚はセリウスさんに三枚、俺達が二枚ずつ分ける。

「俺はこれのなめしを頼んでくる。先におれの家で待っていてくれ」

セリウスさんと別れて、セリウスさんの家に先にお邪魔する。嬢ちゃんずが迷惑をかけていないことを祈るばかりだ。

セリウスさんの家の扉を叩くと、扉を開けてくれたのは何故かキャサリンさんだった。

どうやら、謹呈した木箱の上でジュリーさんとチェスをしていたらしい。嬢ちゃんずはというと、やはりというかミケランさんを交えてスゴロクの最中だ。こっちをチラって見て、「ご苦労様」って言うと、また盤面に見入っている。そんなに熱中できるものなのか、ちょっと不思議な気もするな。飽きたら板の裏を使って別のバージョンを作ってあげよう。

俺達を木箱のテーブルに座らせると、チェス盤をどかして早速キャサリンさんがお茶を淹れてくれた。

「怪我は酷いんですか？」

俺の左手にグルグル巻きされた血染めの布を見てジュリーさんが聞いてきた。

「もう治ってます。自己治療できる体質なんで、だいじょうぶですよ」

「サフロ体質ですか……。でも油断しないで下さいね」

嬢ちゃんずとミケランさんの戦いも何とかケリが着いたようだ。「次は必ず……」なんてアルトさんが言ってるところを見ると、負けたのはアルトさんだな。

「帰る準備をしてね」と姉貴が言うと、嬢ちゃんずが持ち物をまとめ始める。アルトさんがテーブルに来て俺達の首尾を尋ねた。

「灰色ガトルが七匹。何とか退治したけど、アキトが左腕を噛まれてね。ちょっと大変だった。セリウスさんは剥がした皮を持って寄道してるわ。だいじょうぶ、怪我はないわ」

最後はミケランさんの視線を感じて言ったみたいだけど、随分簡略な説明だ。

「待て、アキトは腕を噛まれたと言っていたな。灰色ガトルに腕を噛まれればサフロでは対応できぬぞ。牙は容易に革服を貫通して肉、いや骨まで達しているはずじゃ」

意外と知っているというか、こんな時にこの質問は困ってしまう。

「カードを出してみよ」

しぶしぶと首に革紐で吊ってあるカードを取り出す。

「黒三つ……ギルドで更新をしておらぬな。明日にでも、やっておけ。それよりもじゃ……サフロナ体質……」

アルトさんはすぐにカードを返してくれた。

「よいか、明日ギルドに行ってカードを更新する時に、サフロナ体質だけは消しておけ。稀にサフロ体質はおる。じゃが、サフロナ体質等聞いたこともないぞ！」そう言うと、自分の荷物を持って外に出る。ソリに積み込んでいるみたいだ。

ふと、ミケランさんを見ると少しお腹が膨らんだように見える。生まれるのは春先みたいだから、これからもっと大きくなるんだろうな。

そんなところにセリウスさんが帰ってきた。扉の所で靴底の雪を払うと家に入ってくる。

「灰色ガトルの皮をなめす依頼をしてきた。帽子になるまでに一月ほど掛かるようだ。楽しみに待っていろ」

「これで、しばらくは灰色ガトルの心配はないだろう。だが、冬は長い。後一回くらいは村人が襲われることがあるやも知れぬが、犠牲者だけは出したくないな」

村に住むハンターって、やはり村人の安全を第一に考えるんだな。

最初の村での出来事は、どちらかと言うと、自分の暮らしを成立させるために狩りをしていたようなところがあるけど、村に定住する以上は自分の暮らしと村人の安全を同列に考えなくてはならないみたいだ。

皆が揃ったところで、早めの夕食をとり、俺達は家路についた。

嬢ちゃんずがソリを曳き俺達はその後をついていく。俺達が村を出る時に降っていた雪が通りに積もっているが、日暮れで気温が下がったからだろう、硬く締まっているので歩きにくいことはない。

家に着くとすぐに暖炉に火を焚いた。焚き木の追加は暖炉前に陣取った嬢ちゃんずに任せて、俺は風呂の準備を始める。俺しか温水を出せないので、まぁこうなってしまうんだよな。

暖炉が勢いよく燃え出したのを見て、嬢ちゃんずが自分達の寝具を運んできた。暖めてからベッドに運ぶつもりのようだ。簡単な夕食を取った後で順番に風呂に入り、寝る前に暖炉に太い焚き木を追加する。今夜は早く寝よう。

次の日。朝食を終えたところで、姉貴とギルドに向かう。風が冷たく、どんよりと曇った空はすぐにも雪が降りそうだ。

ギルドに着くと、カウンターのシャロンさんに向かって、「おはよう」と挨拶を交わし、ギルドレベルの確認をしてもらう。

ギルドカードをシャロンさんに渡し、例の水晶球を両手で握ると、シャロンさんの脇にある小箱に入れたカードが自動的に更新される。この辺りが不思議なんだよな。でも誰も疑問を持たないようだ。

カードの星を確認すると、俺は黒の五になっている。姉貴も同じだ。確認できたところで、姉貴と俺のカードをもう一度シャロンさんに渡す。

「このカードの最後を消して欲しいんですが……」
「え～と、……『サフロナ体質』をですか？」
「はい。あまり持っている人がいないようなので、妙な軋轢《あつれき》を起こすのもマズイのではと……」
「確かに、見かけませんよね。分かりました。その部分を白紙にします」

シャロンさんはそう言うと、カードを箱に入れて何やら操作をしている。

しばらくして、「はい！」と、俺達にカードを返してくれた。

カードを見ると、最後の記述が削除されている。これで問題ないはずだ。

「では、また来ます」と挨拶して帰ろうとしたら、呼び止められた。

「ジュリーさん宛てに荷物が届いてるんですけど、持っていけますか？」

そう言って、ホールの隅にある木箱を指差した。

近づいて持ってみると、そんなに重いものではない。

「分かりました。持っていきます」

俺は木箱を肩に担ぐと姉貴と家路を急いだ。


家の扉を開けると、皆がテーブルに着いている。どうやら、遊びの休憩時間らしい。

「どうじゃった」

お茶のカップをテーブルに置いて、アルトさんが聞いてきた。

「二人とも黒の五つになったよ。あと、カードの最後の言葉は消してもらった」

部屋の片隅に木箱を置きながら答える。

「だいぶ上がるのが早いが、まあいい。……それより、あれは何だ？」

俺が運んできた木箱が気になったようだ。

「シャロンさんからの頼まれもの。ジュリーさんにだって」

「私にですか。……何でしょう？　アキトさん、開けてもらえませんか」

木箱を縛ってある紐をサバイバルナイフで切り、蓋を開けると……。

綺麗に色分けされたチェス盤と箱が入っている。テーブルに取り出してよく見ると、色は染められたものではなく、木自体の色で分けられている。駒は、鋳物《いもの》のようだが、鉄と銅で二色に分けられている。不思議なのはビショップが四個あることだ。

「王国の神殿は四つありますから、気を使ったのかも知れませんね」

駒をつまみながらジュリーさんが呟いた。

それだけではない。さらに大きな板が入っている。大きすぎて二つ折になっている。取り出して、テーブルに広げると、……スゴロク盤だった。

遊び方は俺が作った物とさほど変わらないが、よく見ると盤の目に書いてある内容に変化があった。

駒の止まる場所に金額が書いてあるのだ。しかもプラスだけでなくマイナスもある。

プラスは、……薬草依頼で50L確保、ラッピナ狩りで２００L確保なんて書いてあるし、マイナスは、……宿に泊って20L支払い、怪我で治療費１００L支払いなんて書いてある。

さらに、小さな袋にはオモチャの硬貨がたくさん入っているし、五個ある駒はチェスのポーンを加工して、駒の上に小さな色のついた小石を埋め込んである。最後に出てきたのは、二個のサイコロと一通の手紙であった。サイコロは金属製で、小さいながらも重量感があるぞ。

早速、嬢ちゃんずがスゴロク盤を暖炉の前に運んでゲームを開始した。

「前にゲームの内容を聞いて、王都に製作を依頼したものです。さすがに王宮の職人だけあって、簡単な説明を見事に形にしましたね」

「ジュリーさん。これって……」

ジュリーさんは、そう言いながらも手紙を読んでいる。

「良いのでしょうか？　いろいろと王都に便宜を図ってもらっていますが」

「問題はないようです。それに、こちらにはサーシャ様やアルト様もおられることですし、それに王宮の職人の良い訓練にもなるとかで、少し量産するみたいですね。販売価格は、……銀貨十枚だそうです。他国への土産や貴族の楽しみに使うと言っていますが、利益の一部は還元してくれるそうですよ」

それって、特許みたいなものかな。こんなんで儲けていいのだろうか。少し疑問が残る。

そうは言っても、デラックスなチェス盤で優雅にお茶を飲みながら重量感溢れる駒を動かすのは気持ちがいい。問題は、ビショップが四個になったことで、とても複雑なゲームになってしまったことだ。

嬢ちゃんずのスゴロクも意外と奥が深い。単に早上がりを競うのではなく、サイコロを振る回数を制限することで、稼いだ金額で勝負するといった遊びにもなる。

だけど、娯楽の少ないこの世界では、これが上流階級の遊びになるのも問題なような気がするな。できれば廉価版《れんか》を広げてもらいたいものだ。

そんな話をジュリーさんにしてみた。

「トリスタン様もそこは考えておられるようです。廉価版の販売をギルドに依頼してその収入は孤児院の運営費に廻したいと書いておいでです」

それなら問題ないと思う。どちらかというと、良い具合に資金の当てができたのではないだろうか。そして、それはトリスタンさんの評価にも繋がるのだろう。

とりあえず雪で閉ざされた空間で、皆が笑いながら生活できるのであれば問題はない。


灰色ガトルの騒ぎから一月も過ぎると、村は一メートル以上の積雪に覆われている。

朝起きるとすぐに、嬢ちゃんずと一緒になって、通りまでの雪かきをする。通りの雪かきは村人が数人ずつ交代で行っているが、二人がすれ違えるほどの横幅までするのがやっとのようだ。おかげで、白い溝の中を歩いているように思えるな。

こんなに雪に埋もれていても、町との連絡手段がなくなったわけではない。

三日毎に若いハンター数人がシュラという大型のソリでふもとの町から物資を移送してくる。運ばれる量は一〇〇キロ前後だが、村人はハンターが残していく町の噂の方が楽しみのようだ。到着した夜は、宿の一階にある酒場が賑わうってセリウスさんが言っていた。

そんな冬のある日。今日は、のんびり釣りを楽しむ予定だ。そのための準備を十日ほど前から行って、やっと昨日ソリと、ソリの上に建てる簡易テントが完成した。

嬢ちゃんずが真剣な顔でサイコロを振っているところにお邪魔して、暖炉の傍にある手斧を取る。

「じゃぁ、行ってくるね。昼過ぎには戻るから」

「沢山釣って来てね」

姉貴がチェスの駒を動かしながらそう言うと、皆が一斉に俺を見た。

「この季節に釣りじゃと……」

アルトさんが驚いてる。姉貴が皆に説明してるみたいだけど、俺には関係ないことだ。さっさとソリに手斧を放り込んでソリを湖に曳きだした。

家から五十メートルほど沖に出たところで、湖面の雪を払い斧とスコップナイフで氷に穴を開ける。湖面の氷の厚さは三十センチほどだ。直径三十センチ程度の穴を開け、丸い穴に整形したら、ソリを穴の上に移動する。

ソリは二メートルほどの丼型だが、十センチほどの高さに床を張ってある。その床に四十センチくらいの穴を開けてあるから、氷に開けた穴と床の穴が一致すれば穴釣りができるのだ。

ソリの上に作った真四角なテントに俺は入ると、村の雑貨屋で購入した素焼きのコンロに火を点ける。炭は暖炉の消炭だ。燃料ジェルを炭に塗り一〇〇円ライターで火を点ける。少し煙が出るが、隙間の多いこのテントでは一酸化中毒になることはない。

木を薄く削った穂先に公魚《わかさぎ》釣りの仕掛けをつけて、穴に投入して上下に誘う。するとすぐにあたりがきた。急いで糸を手繰ると、ワカサギに似た十センチほどの魚が四匹仕掛けに付いていた。

小脇のカゴの上で仕掛けを振ると、魚がカゴに落ちる。そんなことを繰り返し、一時間ほどで一〇〇匹近くを釣り上げた。

突然にあたりが止まる。すかさず、仕掛けを引き上げて小さなルアーの付いた別の仕掛けを穴に投入する。振り出しの一メートル近い竿だが、これにはリールが付いている。ある程度の大きさなら魚とのやりとりができる。

底近くで上下を繰り返していると、いきなり竿先が引き込まれた。リールで糸を出し入れしながら魚の弱るのを待って引き上げると、四十センチほどのマスに似た魚だ。

バタバタと暴れる魚をテントから外に放り投げて二匹目を狙う。

二匹目を取り込んでいる最中にテントがめくられた。ヒョイっとミーアちゃんがテントに頭を入れて俺を覗いてる。

「釣れてるの？」

「大漁だぞ！　今夜は久しぶりに魚が食える」

そう言いながらも取り込みの手は緩めない。ようやく釣り上げた魚をテントの外に投げると、また仕掛けを投入する。ミーアちゃんは、俺が投げた魚の大きさにびっくりしているようだ。

「テントに入りなよ。中はそんなに寒くないよ」

そう言うと、すぐにテントの中に入ってきた。俺の対面に小さくなって座り込んでいる。俺の傍に置いてあるコンロをミーアちゃんの方に移動させると、針金で作った網と公魚に似た魚を入れたカゴをミーアちゃんに渡した。

「味見してみて。焼くと美味しいかも」

ミーアちゃんが魚を焼きだしたところで、俺はあたりがなくなった仕掛けを、再び公魚仕掛けに変えた。

しばらく上下していると、また公魚が釣れだした。どんどんカゴに入れていく。

ミーアちゃんを見ると、熱々の魚を齧って満足そうな顔をしている。調味料は持ってこなかったけど、釣れたて、焼きたてはやはり美味しいみたいだ。


「おーい……」

外で声がする。テントから覗くとアルトさん達が氷の上を歩いてくる。この世界では、氷上の穴釣りなどする者がいないみたいだ。気になって見にきたんだろう。

テントに近づいたところで、テントをめくって中をお披露目してあげた。ミーアちゃんがチョコンと座って小さな魚を食べているのをジッと見ている。

「はい」って焼き上げた魚を網ごとアルトさん達に渡す。

アルトさんとサーシャちゃんはすぐに手を伸ばして摘み上げて丸齧りだ。

「これは……、なかなかじゃな。こんなふうにして釣るのか」

感心して俺の仕草を見ている。

ミーアちゃんも一緒に帰るみたいなので、獲物を先に持っていってもらうことにする。

テントの外に出て大きく手足を伸ばす。そして、先ほど放り投げた魚を回収するとカゴに入れてミーアちゃんに渡した。

「もう今日は終わりにするから先に持っていってくれないかな」

「うん、いいよ」

嬢ちゃんずは獲物を持って家に走っていったけど、……転ばないかが心配だ。

テントに戻ると仕掛けを回収して糸を巻き取っておく。コンロの炭を氷の上に投げ出すと中の始末は終わりだ。少しソリを動かし、穴をテントの下から出すと、周りの雪を投げ入れて穴を塞いでおく。

そして、ゆっくりとソリを家の方に曳いていく。

家に帰ってみると、嬢ちゃんずが暖炉の前のふかふかカーペットに移動して串刺しにした魚を焼いていた。

「だいぶ獲れたから、セリウスさんにお裾分けした方がいいんじゃないかな。二人とも魚好きだし」

俺はそう言って、大きな魚を二匹と両手にいっぱいの公魚モドキを別のカゴに移した。

「そうだね。きっと喜ぶと思うわ。……ミーアちゃん。持っていってもらえる？」

姉貴の言葉に三人が暖炉の前から立ち上がった。三人で行くようだ。

ミーアちゃんはカゴを持つと、一旦外に出てまた戻ってきた。今度は帽子とマントを身に着けて三人でソリを曳いて出かけていった。


その日の夕食は、いつもより一品多い。数匹の公魚モドキ――こちらではチラというようだ――を二本の串に刺して、醤油に漬けて二度焼きしたものが追加された。

単純な味付けだけど、単調になりがちな冬の食事に変化を与えてくれた。ご飯が欲しかったけど、この人数では無理だな。それでも、久しぶりの魚料理は嬢ちゃんずには好評みたいで、各自が三串も食べていたぞ。


その夜。皆が寝静まった中、一人で暖炉の前に座って船の骨組みを削っていた。

だんだんと、船というよりカヌーに近いものになってきているが、軽いことが条件となる以上仕方がない。

今夜はこれで終わりにしようと思って、道具とゴミを始末していた時だ。

小さく、トントンと扉を叩く音がする。

こんな真夜中に訪れる者は、女の人の姿をした鶴かお地蔵さんぐらいしか思い浮かばなかったが、扉に近寄りそっと開くと、……そこには二匹のカメ、いや二人の若いカラメル人が立っていた。

外は吹雪《ふぶ》いている。急いで二人を暖炉に傍に招いて、暖をとらせる。二人のカラメル人を見て慌てて下りてきた。

「誰？」と、姉貴がロフトから顔を出してこっちを見てる。

「長老が高熱で臥《ふ》せている。フェイズ草があれば、分けて欲しいのだが」

「生憎と、この家にはありません。……でも、晩秋にギルドの依頼で二十個ほど採取しましたから、まだ残っているかも知れません。待っていて下さい。確認してきます」

俺はすぐさまマントを羽織ると、ギルドに駆け出した。

ギルドは基本的に二十四時間営業だ。何度か滑って転びそうになりながらもギルドにたどり着いた。

扉を開けると、眠そうなお姉さんが一人、カウンターに座っていた。

「すみません。フェイズ草を冬前に届けたものです。知り合いが熱を出しているので、至急一個欲しいんですが、どこで手に入りますか？」

「え～と、確かハンターの方ですよね。あの後は、確か雑貨屋に卸《おろ》したはずです。でも、雑貨屋にもないと思いますよ。十日ほど前に風邪が流行って皆売り切れたと聞きましたから」

「残念ですね」なんてお姉さんが言ってるけど、ないとなれば大変だ。

とりあえず、急いで家に戻るとギルドでの顛末《てんまつ》を皆に話した。

「そうなんだ。困ったわね」

「何とかならぬものか……」

カラメル人と姉貴はそう言って下を向く。


ちょっと待て。……確かフェイズ草の依頼は球根だったはず。なら、キャサリンさんに連れて行ってもらったあの場所には、ネギは枯れても球根は残ってるはずだ。

「あのう……何とかなるかも知れませんよ。フェイズ草のある場所は覚えてますから、そこを掘れば球根が見つかるかも知れません」

「知ってるの？」

「ああ、グライトの谷の斜面の南側に群生していた。場所は行けば分かるからそこを掘れば見つかるかも知れない」

「湖の北側にある谷ですな。しかし、今の季節ではあの斜面は氷で覆われている。そこで採取するのは命が幾つあっても足りませんぞ。足を滑らせたら、谷底にまっさかさまです」

俺と、カラメル人の話を聞いていた姉貴は、しばらく考えていた。

「では明日の夜、グライトの谷の湖側で火を焚きます。それを目印にフェイズ草を取りに来てください。明日の夜に焚き火がなかった時は、失敗したと……」

「我等の依頼を聞いて下さるのか？」

「はい。昨年海辺の村でカラメルの試練を受けました。それも何かの縁でしょう」

「虹色真珠の所持者にこのような依頼をするなど、本来あってはならぬことではありますが、よろしくお願いします」

カラメル人はそう言いながら、深く頭を下げて帰っていった。あのカメの格好でどうやってここまで来たのか、あの恰好で寒くないのか不思議に思ったけど、今はフェイズ草の球根を手に入れるのが課題だ。早速、姉貴と準備を始めた。

持っていくのは、灰色ガトル退治と同じだが、船の櫂に似た道具は持っていないので杖代わりの採取鎌を持っていく。姉貴はクロスボウを置いて槍を持った。最後にロープをまるめて姉貴と俺で一巻きずつ肩に担いでいく。


準備を終えると、姉貴はジュリーさんの部屋の扉を軽く叩く。

「……やはり行かれるのですね。話しは申し訳ありませんが聞いていました。アルト様達には私から話しておきましょう」

後をジュリーさんに託して、俺と姉貴は吹雪の中をグライトの谷目指して出発した。

深夜での出発なので北門を通らずに、家の裏から凍った湖を歩いて、狩りの時にイカダを着けた岸から森への小道に出る。

しばらく歩き続けて、森に入る手前で一休み。吹雪の中を進むのは予想以上に体力を消耗する。

ここで、俺と姉貴に【アクセル】をかけて身体機能を上昇させた。

森の中は、吹雪の風も少しは弱まるけれど、雪が深いのが難点だ。なんとか森を抜ける手前で二回目の休憩を取った。


携帯燃料を使って小型のポットにお湯を沸かし、コーヒーを作って姉貴と分ける。

姉貴はフーフー息を吹きかけて飲み始めたが、たちまちシェラカップのコーヒーが温くなっていくのが分かる。相当温度が低下しているみたいだ。

「この森を抜けたら右に行くんだ。狩猟期の狩りと同じようにいけばいいんだけど、グライトの谷は一気に落ち込んでいるから、谷の縁が分かるかどうかが問題だな」

「だいじょうぶよ。私に考えがあるわ。フェイズ草は崖の途中にあるんだよね。谷底ではないよね」

姉貴が念を押す。何を考えてるか分からないけど、突拍子もないことをするつもりのようだ。

「途中にある。場所はまだ覚えていると思うんだけど……」

休憩している間に吹雪が弱まってきた。森の木々の間からアクトラス山脈の白い峰がかすかに見え始めた。いつの間にか、朝になっていたようだ。

「急ぎましょう」

姉貴に続いて俺も雪の上から立ち上がった。

森を出た所は潅木が疎らにある斜面のはずだ。だがそこは一面の雪原に変わっている。雪原は、採取鎌の柄よりも深そうだ。

突然、姉貴が立ち止まった。

片手を俺の前に出して俺の歩みを止めると、なにやらブツブツと呟き始める。

「【メル】！」姉貴が鋭く叫ぶと同時に両手を上げる。すると、姉貴の頭上に大きな火の玉が形成され始めた。それはだんだんと大きくなり、火炎の渦が球体を取り巻き始めた。火炎の色がダイダイから黄色に……やがて青白く変わってきた。

「行け！」姉貴が両手を前方に突き出すと、それに合わせるように直径二メートルほどに膨らんだ火の玉が半分ほど雪原に埋まりながら東に滑るように飛んでいく。

遠くで、ドドォーン！　と炸裂音がしたかと思うと、低い地鳴りのような音が響いてきた。

思わず雪原の上部を見る。……どうやら、雪崩の危険性はないようだ。

火の玉が通った後の雪原は、深さ横幅とも二メートルほどの溝が東にずっと続いている。とんでもない威力だな。


「アキト、行くわよ」

姉貴が、溝に飛び込むと歩き始める。俺も急いで姉貴の後を追った。結果はどうあれ、歩きやすいことは確かだ。だけど、あの地鳴りのような振動でよくも雪崩《なだれ》が起きなかったものだ。

「姉さん、【メル】ってミーアちゃんにもできる火球だよね。なんであんな巨大な火の玉ができるの？」

「あれね。火球を投げないで、そのままの状態で魔法力を注ぎ込むの。イメージしながらそうするとできるんだけど、こっちの人達はすぐに投げちゃうんだよね」

それって、運用次第ってことかな？　でも、とっさの時には役立たないから、使う人がいないのかな。ジュリーさんならできそうだけど……

そんなことを考えながら溝の中を進んでいく。溝の底はすでに凍っているので、結構滑りやすい。俺は何度か転びそうになったし、姉貴は二回ほど転んでいる。

一時間ほど歩いていくと、溝が突然消えているのが分かった。グライトの谷の縁に着いたのだ。目的のフェイズ草は谷の岩棚にあったはずだ。冬でなければ、谷の斜面の岩を伝いながら下りることはできるのだが、今は、雪と氷に覆われている。ここは慎重にロープで下りることが必要だ。

早速、溝から雪原に這い上がり、ロープを掛ける場所を探す。幸いすぐに雪原から枝を出している濡木を見つけることができた。

濡木の周りの雪を掻き出して、姉貴の担いでいたロープを一回ぐるりとまわすと、俺のベルトにカラビナを付けてロープを結ぶ。もう反対側は姉貴が握っている。

俺はゆっくりと雪原から谷に身を乗り出した。ズズーとロープが伸びる。谷の北側の斜面は雪よりも氷に覆われている。姉貴に少しずつロープを繰り出してもらい、やっと最初の岩棚に着いた。

足場を確保したところで、辺りを観察してみると、以前キャサリンさんと来た時よりも少し山側にいるようだ。キャサリンさんがフェイズ草を掘っていた岩棚はもう少し下で、もっとリオン湖よりになるはずだ。

ここから下に何段かの岩棚がある。そこを利用しながら、少しずつリオン湖よりに移動できるだろう。二本を繋げば何とか行ける距離ではある。

担いでいたロープを下ろして、姉貴の持っているロープに結びつける。一旦、ベルトのカラビナからロープを解いて、結びつけたロープの端を改めてカラビナに結んだ。

「姉さん。ロープを引いて！」

するするとロープが上に上がっていく。やがて、ピンと張った。

「ゆっくり伸ばして！」

俺は、次の岩棚に氷の斜面を下りていった。

次の岩棚は幅は狭いが横に長く、リオン湖側は少し下っている。ロープの余裕の範囲で岩棚を調べていると、透明な氷の下に見覚えのあるものを見つけた。

葉っぱが少し黄色くなっているが、まぎれもないネギの姿……。フェイズ草だ。

すぐに姉貴に連絡してロープに余裕をとる。いよいよ採取となるのだが、厚さ三十センチ以上の氷は、スコップナイフで容易に掘れるものではない。その上、フェイズ草が生えている地面も凍っているのだ。

少し掘り始めた時に簡単な解決策を思いついた。

俺が持っている魔法が使えるんじゃないか？　お湯を出す【フーター】は、お風呂以外でも使えるはずだ。

早速、左手を出して【フーター】を使う。勢いよく温水が左手から噴出すると、みるみる氷が溶けていった。

土には慎重にかけていく、球根が流れていってしまっては元も子もない。

土がジュクジュクになったところで、手袋を外して手探りすると、二個の球根を手にすることができた。大切に腰のバッグに収納する。


後は、姉貴を下ろす方法だが……。さて、どのくらいロープが残っているかだ。

「姉さん、聞こえるー！」……「聞こえるよー！」

「ロープの結び目は繰り出したー！」……「まだ、こっちに有るよー！」

「ロープの端をベルトに結んで、余裕をこっちによこしてー！」……「分かったー！」

しばらくすると、ロープが緩んできたので、どんどんと手繰り寄せ、ロープの上をしっかり握ると姉貴に声をかけた。

「姉さんー、準備ＯＫだー！」……「行くよー！」

すぐに姉貴が谷の縁から下りてきた。少しずつロープを繰り出すと、氷の斜面を滑るようにこちらに移動してくる。

やがて、俺の脇に姉貴は下り立つと、岩棚と下の谷を調べ始めた。

「やはり、谷は雪崩が起きたんだね。とりあえず安定したということだから、ＯＫだよね。……それと、後三十メートルくらい下りなくちゃならないのが大変だと思うわ」

狙ってやったのか？　確かに一度雪崩が起きればそこは少し安全だと思うけど。

そんなことを考えてると、姉貴は自分のベルトに結んだロープを解き始めた。

ロープを岩棚の近くの岩に数回クルクルと回して結びつけ、余ったロープを谷底に投げた。

「このロープを伝って下りていきましょう。……先行はアキトにお願いします！」

ロープを使い捨てにする訳か。

ならそういうことで、とロープを持ってスルスルと谷底に下りていった。下りたところで、両手を振って姉貴に合図を送る。今度は姉貴がロープを伝って下りてきた。

姉貴がやっと降りてきたところで、俺達はリオン湖の縁まで雪崩の通りすぎた谷底を歩き始めた。足元はでこぼこしているが、雪が硬く締まっているので雪原よりは歩きやすい。日が傾く前にはリオン湖の氷の目の前まで歩くことができた。

早速、雪崩で倒れた木を集めて、焚き火を始める。折れた木が多いから焚き木に不足はない。水筒の水を入れて、鍋とポットにお湯を沸かし始めた。

だんだんと暗くなり始めた頃にスープができ上がる。焚き火で凍った黒パンを焼いてスープに浮かべて食べる。

食事が済むと二人でコーヒータイムだ。シェラカップのコーヒーを飲みながら、カラメル人の現れるのを待った。

「アキト……。今後の話なんだけど……」

珍しく神妙な顔で姉貴が言った。

「なに？　姉さん」

「ここにいつまでいられるのかな……。って考えると、ちょっとね」

「少なくとも、ミーアちゃんの彼氏を一発殴ってからだと俺は思ってるよ。……あの老人、いや神かも知れないけど、確か不老不死って言ったような気がする。なら、皆の時間軸と合わなくなるのは当然だから、その時はここを去ることになるのかな、と思ってるけど……。少なくとも後数年いや十年くらいはいられるんじゃないかな」

「ミーアちゃんの彼か……。どんな人だろうね。そんなことを考える方が楽しいかもね」

姉貴は最後に笑っていたけど、ずっとそれを考えていたのだろうか？　親密になればなるほど別れは辛いものになるけど……。だからと言って、何もせずに、友達もできずに生きていくのは、もっと辛いような気がする。

そんなことを考えながら姉貴を見ていると、コーヒーを噴き出しながら笑い始めた。いったいどんな人物を想像していたんだろうか。

後の会話はとりとめもない話だったけれども、ひさしぶりに姉貴とゆっくり語り合えたような気がする。いつも一緒に寝るんだけど、姉貴は布団に入って三分で寝られる人だから、会話にならない。ちょっと寒いけど、カラメルの依頼がありがたく感じられた。


さて、コーヒーのお替りをしようとポットに手を伸ばした時だった。

バリバリ‼　と大きな音がして、俺達のすぐ近くの湖面の氷が割れると、そこに島が現れた。

「リッシーだわ！　アキト準備して」

姉貴はクロスボウを手に、素早く立ち上がって物陰に隠れる。俺も立ち上がろうとした時、島の上部がパカっと開き、見慣れた姿が現れた。

あっけにとられて成り行きを見ている俺達の所に、氷の上を歩いて近づいてくる。

俺は片手を上げて挨拶する。姉貴も唖然とした顔つきで物陰から出てきた。

やってきたのは、カラメルの二人だ。

「焚き火を確認して、急いで来たのですが、驚かせてしまったようです」

「これって、……リッシーは貴方達の乗り物なの？」

「リッシーではなく、タトルーンと言いますが、古来より我等の乗り物として使っております。ところで、入手できたのでしょうか？」

「はい。これです」

俺は、腰のバッグから二個のフェイズ草を彼らに差し出した。

「これです。ありがとうございます。……このお礼はいずれ致します」

彼らは先を争うようにタトルーンに乗り込むと水中に姿を消した。

「リッシーだよね。カラメルの人達だけだよねタトルーンって言うのは……」

姉貴は、まだこだわっているようだけど、俺には敵対するものではないということが分かっただけで十分だ。

「さて、帰りますか。……嬢ちゃんずがうるさいと思うけど、我が家だもんな」

「そうね。皆で楽しく暮してる我が家だものね」

タトルーンが空けた穴を避けて、リオン湖の氷の上を俺達は歩いて帰った。

真っ直ぐに帰ったつもりなんだけど、やはり湖は広い。……我が家が見えだしたのは明け方だった。

6話

The 6th STORY

Under the Yggdrasill tree

二つの月と双子の赤ちゃん

カラメル達の依頼を無事終了して十日ほど経った朝だった。

皆がまだ寝ている中、目を覚ました俺は、ロフトを下りて暖炉の前に行く。暖炉の白い灰を掻いて熾《お》き火に細い枝を投げ込み火を強めると、太い焚き木を投げ込む。

こうしておけば外で顔を洗ってきた後には、少しは部屋が暖まるはずだ。

扉を開けて外に出ると、ブルッと体が震える。冬の最中だ。早朝の寒さは半端じゃない。ザクザクと雪を鳴らして井戸まで歩いていく。


何と！　井戸の蓋の上に一振りの片手剣が載っている。

持ってみて驚いた。……重量感がまるでないのだ。不思議に思いながらも鞘から引き抜いてみる。

その片手剣が姿を現した時は、驚きよりも衝撃だった。薄い黄色の金属。刃の方向に少し曲がった五十センチほどの刀身。それに、この軽さは……チタン？

井戸の周りを見ると、大きな足跡がリオン湖に向かって続いていた。

ということは、フェイズ草に対するカラメル達の報酬なんだろうか？　俺達の世界でもチタンの加工は困難だったはず。それをこのように刀にまで加工できるとは、カラメル族とは、いったい何なんだろうか……。

とりあえず、井戸で顔を洗って暖炉の前で暖まる。ポットに水を入れて暖炉に掛けていると、ジュリーさんと姉貴が起きてきた。

二人とも顔を洗うと、流し台でトントンと何かを刻み、鍋を持って俺の前に来るとポットと鍋を交換していく。

「アキトさん。お茶が入りましたよ」

ジュリーさんの呼ぶ声で、俺はテーブルに移動した。

お茶を飲みながら姉貴に今朝の出来事を話すと、片手剣を取り出して姉貴に渡した。

「凄いね。……カラメルさんていったい何なんだろうね。これは、アキトが貰ってもいいんじゃないかな」

刀身をしばらく眺めていた姉貴だが、材質が余りにも異質であることに疑問を持ったようだ。鞘に戻して俺に返してくれた。

「カラメルは不思議な種族です。……神話や昔話にはいっさい登場しませんが、いつの間にか私達の世界に入っていたのです。彼等は魔法は使いませんが、不思議な術を使います。それに彼等の武器も少し変わっています。その片手剣も、アキトさんが使っていた片手剣を見たことがありますから、あまり異質に感じませんが、初めて見たなら相当変わった剣だと思ったはずです」

ヘェ〜……突然、歴史に出てくるのか。しかも、文化というか技術レベルがまるで違う。リッシーだって彼等の乗り物だし……。ひょっとして、……宇宙人？

姉貴も考え込んでいるようだ。でもいつの間にかこの世界の人達の傍にいて、あまり影響を与えないように暮らしている姿は、俺達も参考にできるぞ。できれば一度話し合いの機会を持ちたいな。

「一度、話してみたいわね。あの試練の時だって、切断した腕を一瞬でくっつけたのよ。その時の長老さんの気の練り方といったら、私達の流派の奥義を遥かに凌《しの》いでいるわ」

姉貴は別な意味でカラメルを異質と感じているようだ。でも、ニコニコしながら話しているのを見ると、リッシーに乗せて欲しいだけなんじゃないかな？


そんなことを話していると、ぞろぞろと嬢ちゃんずが起き出してきた。

三人が顔を洗っている間に、ジュリーさんが黒パンを焼いて朝食を準備する。

「ほほう、それがカラメルの剣か。我のグルカに似ておるの」

アルトさんは薄い黄色に光る剣を見てそう言っているが、言外にお前の剣は返さないと言っているようにも聞えるぞ。

「ところで、今日は趣向を変えてチラを釣りたいのだが、貸してはもらえぬか？」

「いいですよ。でも、三人が入れない時はあきらめてくださいね」

「もちろんじゃ。一緒に釣りをするから楽しいのじゃ」

朝食を終えると早速準備を始める。革のテントは、もう少し広げてもだいじょうぶだけど、ソリの床板の大きさはそのままだ。

氷の上に乗せると、すぐに三人が乗り込んできた。小柄な三人だから、随分と余裕があるようだ。姉貴が持ってきたコンロを中に入れると、湖の沖にソリを曳いていく。

氷に穴を開け、ソリの穴が真上に来るように移動させると、仕掛けの説明をアルトさんにする。

さて、どのくらい釣れるのか、それとも全く釣れないのかが少し楽しみだ。

たまにテントを開いて空気を入れ替えるように念を押して、俺は家に帰ることにした。

「とりあえず、三人を置いてきたから、昼に戻らない時は様子を見てきて欲しいんだけど」

ジュリーさんが「ご苦労様」って言葉と共に出してくれたお茶を飲みながら姉貴に言った。

「いいよ。私も少し興味あるし」

「アキトさんは、どうなさるのですか？」

「ちょっと、ギルドを覗いてきます。灰色ガトル騒ぎの後は行っていないから、ちょっと気になって……」

お茶を飲み干すと、帽子を被ってマントを羽織りギルドに出かける。通りまでの道は一メートルほどの雪に掘られた溝になっている。通りも同じように、雪に掘られた溝だ。少し横幅が広くなった程度でしかない。

溝の底は凍っているので滑りやすいから慎重に、ゆっくりと歩いていく。ときどき、溝の両側に窪《くぼ》んだ跡があるのは、誰かが転んだ跡だろう。

何度か転びそうになりながらも無事にギルドに着くことができた。ギルドに入ると、早速依頼掲示板を確認する。

やはり、一枚も依頼書はなかった。……まぁ、分かってはいたことだが、少し変化を望んでいたことも確かだ。少し残念な気持ちで帰ろうとした時だった。

「アキトじゃないか。依頼を探しに来たようだが春まで待て。それより、ちょっと教えて欲しい」

セリウスさんがいたようだ。テーブル席でキャサリンさんとチェスをしているぞ。

二人の対戦を覗いてみると、セリウスさんの形勢が極めて悪い。二人の指しているところを見て、すぐに原因が分かった。

「セリウスさん。ひょっとして、駒の動きをあまり計算してませんね」

「どういうことだ。キャサリンの指した後で、自分の配置を見ながら自分の駒を動かしているのだが……。それでは足りないのか?」

「そこまではいいんですが、その後にキャサリンさんがどの駒を動かすか、そしたら自分はどの駒を動かすのか……。このような計算を何度かやった後で最適な駒を動かすんですよ。姉貴やジュリーさんだと、十手以上先まで計算して動かしてますよ」

「えぇ～!　……道理で勝てないわけだわ。私はせいぜい五手ぐらいしか考えてないもの」

キャサリンさんは、どうやらあの二人と対戦したことがあるらしい。

「なるほど、いかに先を見るかがこのチェスというものなのか。これはハンターとしての作戦、判断の訓練にもなりそうだ」

いや、セリウスさん。そこまで考えを持たなくともいいような気がします。

「でも、よくチェス盤が手に入りましたね」

「マスターが暇ならこれで遊んでいろと言いまして……」

「俺の家にもお前が作ったチェス盤はあるが、相手がいなくてな」

「ミケランさんはスゴロクの方が好きですからね」

「そうなのだ。たまには遊びに来い。ミケランも外に出られないのでつまらなそうだ」

元々二人は、今日来る予定の町からの荷物運びのハンターに、王国の噂を聞きに来たらしい。暇つぶしに始めたチェスにだんだんとのめり込んだようだ。

今夜にでも、とセリウスさんに約束して、我が家に帰ることにした。

俺が家に帰ると、リビングにはジュリーさんだけがいた。姉貴は嬢ちゃんずの様子を見に行ったらしい。ギルドでの話をジュリーさんにしたら、「そうでしょうね」と頷いている。

「この王国もそうですが、娯楽というものはあまりありません。貴族や裕福な人達ならば狩りや旅行等をすることも可能ですが、それでも季節や場所は限られています。アキトさんが作られたチェスやスゴロクは、そういった人達にも容易に受け入れられると同時に、今まで娯楽等は無縁だった人達も引きつけるものなのです」

「先日、トリスタン様から届いた手紙では、王都でチェスの大会を開く予定だと書かれていましたよ」

俺は思わず天を仰いだ。事態はそこまで進んでいるのか……。


「「「ただいま！」」」

扉が開くと元気な声がした。嬢ちゃんずと姉貴のお帰りだ。

「大漁だったぞ。まぁ、我等が釣ればこのくらいはわけはない」

アルトさんの自慢げな話に、どれどれとカゴを覗くと、この前の倍は入っている。

早速、はらわたを抜いて数匹ずつ串に差していく。暖炉に焚き木を放り込むとカーペットを捲り、嬢ちゃんずの仕事場を確保してあげた。

お皿に砂糖少しと醤油を入れ、これにつけて二度焼きするように頼む。少し経つと醤油の焼ける香ばしい匂いが辺りにたちこめた。誘惑に負けた嬢ちゃんずが、串を一本ずつ持って食べ始めたぞ。

「一本だけですよ。もうすぐ昼食ですから」

ジュリーさんがそんな三人に優しく声を掛けている。

昼食に食べたチラは美味しかった。本当は味醂《みりん》でやってみたかったが、砂糖醤油でもまあまあいける。

昼食後にセリウスさんの家に行くと言ったら、大量の串焼きを持たされた。

ミケランさんが魚好きなのは皆が知っているらしい。そんな心遣いを持っている嬢ちゃんずをありがたく思う。


何度か転びそうになりながらもセリウスさんの家に着いた。トントンと扉を開くと、ミケランさんが開けてくれる。

「お土産です」とチラを渡す。

「ありがとにゃ」と言いながらも目が輝いてる。魚だとすぐに分かったのだろうか。

「アキトか。まぁ、入れ。外は寒いぞ」

セリウスさんが暖炉の前から手招きしてる。

リビングに入ると、暖炉の前のテーブルに行ってセリウスさんの対面に座る。

セリウスさんは箱の下をゴソゴソしていたが、二個の小さなカップと水筒のような物を取り出した。カップに琥珀色の液体を注いだ。

「まぁ、飲め。温まる」

「良いんですか？　まだ十七ですよ」

「この国では十六を過ぎれば大人として扱われる。十七歳なら誰もが飲んでいるぞ」

グイっと喉に流し込むと、カーっと喉が焼ける。結構強い酒だ。

「あまり急に飲むと目が回るぞ」って言いながら注ぎ足してくれた。

ミケランさんは、そんな俺達を横目で見ながら、チラの串焼きを暖炉で炙《あぶ》り始めた。とたんに、醤油の焼ける良い匂いがたちこめた。軽く炙って皿に載せテーブルに出してくれる。

「やはり、チラは酒と合うな」

串焼きを齧りながらセリウスさんが呟く。

ミケランさんのお腹もだいぶ大きくなってきた。二人分だから尚更大きく見えるのだろうか。

「大きくなってきたにゃ。後、一か月くらいにゃ」

串焼きを食べながらミケランさんが言った。俺の視線を感じたのだろうか。

「ところで、ハンターの噂はどうでした？」

「そうだな。興味があったのは、王国ではチェスが爆発的に流行しているようだ。近々に大会を開くそうだ」

「その話はジュリーさんから聞きました。トリスタンさんが乗り気みたいです」

「なら、大会の実施は決まったようなものだ。その外には、カンザスとサニーが身を固めるそうだ。あの二人はお前も知っているな」

「それはおめでたいことですね。姉貴にも教えてあげます。きっと自分のことのように喜びますよ。俺の方は……。そうだ。今朝これをカラメルから貰いました」

そう言って、背中のグルカナイフをセリウスさんに見せる。

「形は前に見せてもらったお前の片手剣と同じだが、異様に軽いな。……それよりこれを手に入れた経緯は？」

俺は、十日ほど前の出来事を話し出した。セリウスさんとミケランさんはジッと話を聞いている。

「しかし、無謀なことだぞ。グライトの谷はこの季節は壁面は凍りついており、谷底はいつ雪崩《なだれ》が起きても不思議ではない。それをロープで下りてフェイズ草を手に入れたのか……。しかも、わざと雪崩を作って谷を下りるなぞ……。」

「今、考えるとかなり無謀だと思います。でも次にやる時には少しマシになるでしょう。装備の不足も自覚できましたし、後は装備を作ればいいんです」

「まて、それでは凍った壁面を登る方法がある。ということか？」

「はい。かなりの技術は必要ですが、方法はあります」

「この村が雪にとざされる期間は長い。そのような方法があるのであれば、少しずつ用意をしておいて欲しい。どんな依頼があるとも限らん」

セリウスさんは、カラメルがリオン湖にいることに疑問を持っていない。ひょっとして知っていたのだろうか。

この国とカラメルにはどんな関係があるのだろうか。建国の伝説に突然とカラメルは現れる。

ジュリーさんは神話や昔話には現れない、と言っていた。

その後にセリウスさんとチェスをしたのだが、カラメルが気になって敗北してしまった。セリウスさんは嬉しそうだったが、俺はちょっと残念だ。このままだと俺が一番弱いことになってしまう。


ネウサナトラムが雪に埋もれて、もう二月以上になる。キャサリンさんの話では後一月以上続くらしい。

初めての雪国の暮らしは、最初は目新しかったものの、こんなに長いと少し飽きてくる。嬢ちゃんずの我慢もいつまで続くか心配だ。

吹雪いてなければ、北門広場に俺の指導の下に、村人の有志で作ったソリのS字コースで、村の子供達と一緒にソリでリュージュモドキの滑走を楽しんでるんだけど、こうも天気が悪くてはね。

ジュリーさんと姉貴は三人に編み物を教えようとしてるんだけど、これがなかなか……。子供に根気を要求する方が無理みたいだ。アルトさんまで一緒になって投げ出してたし。だけど、この世界では女性が持つ必要のあるスキルの一つらしいから、二人で一生懸命に教えるみたいだ。

俺は、ボルトの砥《と》ぎを朝からしている。総数が五十本を超えるから、一日作業になる予定だ。暖炉前のカーペットをめくり、砥石と桶を用意して温まりながら、一本ずつゆっくり砥いでいく。時折、嬢ちゃんずの編み物教育を見て、三人の表情がくるくる変化してるのを眺めてると、何か癒される気分だ。

そんな時、扉がバタンっと開くと、セリウスさんが飛び込んできた。

「はぁ、はぁ……。生まれそうだ！」

よほど急いで来たのだろう、呼吸を整えながらそう言った。


「「何だって！（何ですって！）」」

たちまち、リビングが騒がしくなった。

ジュリーさんと姉貴がマントを羽織ると、慌しくセリウスさんと一緒に家を出ていく。


嬢ちゃんずの目が一斉に俺を見る。……ひょっとして行きたいのかな？

女の子だし、こういう経験も後々に役に立つかもしれない。でも、変に行くと姉貴達から「何しに来たの？」と叱責されることは確実だ。……ここは、名目を考えないとな。

突然、俺の頭上に一〇〇Wの電灯がピカっと灯った。

たしか、生まれる時って、お湯が大量に要るって誰かに聞いたことがあるぞ。お湯を沸かす人手はいるはずだ。それを名目にすれば姉貴達も納得するに違いない。

「お湯がいるかも知れない。鍋やポットをソリに詰め込んで出かけるぞ！」

三人はたちまちピョンと立ち上がると、流し台へ駆けていった。それぞれ得物を掴むと外に走り出す。すぐに戻るとマントを羽織って俺を見る。

そんな嬢ちゃんずを見て、俺も急いで準備を始めた。暖炉の火を灰に押込むと、マントを羽織った。

「さて、出かけるよ！」

外は、さっきまでの吹雪が止んでいた。通りまで歩く道はミーアちゃんの膝近くにまで積もっている。通りに出るとまるで雪の溝のようだ。俺達がソリを曳いて歩いていくと、ほどなくセリウスさんの家に着いた。

扉を叩いてみたら、姉貴が「だれ？」と顔を出した。

俺の両側の嬢ちゃんずを見ると、慌てて三人を中に入れる。

「何で来たの？　アキトが手伝えることなんてないと思うんだけど……」

「何かで、出産にはお湯がいるって聞いたことがある。……それでお湯を沸かすくらいなら手伝えると思ってね」

「ああ……、私も聞いたことがあるわ。待ってね。聞いてくる」

パタンと扉を閉めて、誰かに聞きに行ったみたいだけど……俺をここで待たせるのだろうか？

すぐに扉が開いて姉貴が顔を出した。

「やはり、いるみたいよ。アキト、よく気が付いたね。早く入って！」

ようやくセリウスさんの家に入ることができた。

嬢ちゃんずは暖炉の前にいる。セリウスさんが、リビングを行ったり来たりしているのは定番だよな。でもガタイが良いから熊がうろついてるように見えるぞ。

姉貴とキャサリンさんはテーブルにいるけど……、ジュリーさんの姿が見えないな。

「姉さん、ジュリーさんは？」

「キャサリンさんのお母さんと一緒に部屋にいるわ。……そうだ。早くお湯を沸かさないと！」

「俺が外で沸かすよ。家から鍋やポットを持ってきたから」

すぐに外に出ると、焚き火の準備を始めた。

家の脇にあった櫂みたいな道具で庭の雪を掻き分けて地面を出す。そこに焚き木を井型に組むと真ん中に粗朶《そだ》を入れる。燃料ジェルをたっぷり塗った焚き木を真ん中に立てると、一〇〇円ライターで火を点けた。

焚き木を細く切って火を大きくすると、井型の焚き木が燃え出した。

井戸はどこだ……。キョロキョロと辺りを見渡すと……。あれだな。丸太を井型に組んで屋根も丸太のままだ。ロープに結んだ桶《おけ》が蓋の上に置いてある。

鍋とポットに水を汲んで、焚き火に掛けた。鍋はちょっと難しいぞ。焚き木の太いのを探して二本並べてその上に載せた。少ししたら焚き火の炭火を焚き木の間に入れればお湯を沸かせそうだ。

サクサク……と雪を踏む音がして姉貴が現れた。

「お湯の準備を急いでと言われたんだけど」

「もうちょっと待って。沸いたら持っていくから」

俺の言葉を聞くと、「お願い！」と俺に両手を合わせて帰っていった。火力を強めるため、焚き木を細く切って注ぎ足す。

しばらくすると、ポットのお湯が沸いてきた。早速、家に持っていくと、俺が開けるよりも先に扉が開いた。ミーアちゃんがポットを持っている。どうやら水を汲みに行くみたいだ。

「これを持っていってくれないかな。その間に水を汲んできてあげる」

俺の持ってきたポットとミーアちゃんのポットを交換すると、井戸に行って水を汲む。

扉に戻るとミーアちゃんが空のポットを持って待っていた。

「ありがと！」俺の持ってきたポットを受け取ると家の中に入っていった。

俺も、また水を汲み焚き火の上にポットを掛ける。


いつしか夕暮れ時だ。セリウスさんの家の中は騒がしいが、まだ生まれたわけではなさそうだ。

もしそうなら、姉貴が真っ先に教えてくれると思う。

扉がバタンと開き、セリウスさんが出てきた。

俺の傍に来ると、俺にカップを差し出す。少し湯気が出るそれを一口飲むと……お酒だ。お湯割りにしてあるけど、結構キツイぞ。

「お前にまで迷惑をかけるな。すまん」

そういいながら俺の隣に座るとカップの酒を飲み、パイプを取り出す……。

どうやら、追い出されたみたいだけど、出産の時に男ができることなんてほとんどないと聞いたことがある。家の中でウロウロされるよりは、ここでお湯を沸かしている方が良いかもしれない。

鍋のお湯が沸いたのでセリウスさんに頼んで持っていってもらう。

「まだまだ足りないと言われたぞ」

戻ってきてそう言うとセリウスさんは鍋に水を汲みに行った。

いつしか夜になっていた。二つの月が雪に埋もれた村を明るく照らしている。隣のセリウスさんの横顔は何か神話の世界から抜け出したようにも見える。

やはり、ネコ族って精悍な横顔だよな……。感心して見惚れると突然扉が開き、姉が飛び出して、俺達の方に転びそうな勢いで走ってきた。

「生まれたよ。男の子と、女の子。……皆元気だよ！」

最後まで聞かないうちにセリウスさんが走っていった。

姉貴は俺の隣にペタンと座ると、額の汗を袖で拭う。そんなに緊張してたんだろうか？

「ご苦労様」

俺が小さく呟くと姉貴がニコリと微笑んだ。

「何もできなかったけど……、大変なことは分かったわ。ミーアちゃん達も頑張れってミケランさんを励ましてたけど、あれだっていい経験だよね」

「そうだね」

ミーアちゃん達もいつかは母親になるんだから、確かにいい経験だと思う。サーシャちゃんも王宮にいたらこんな経験はしないはずだ。しなくともいい経験もあると思うけど、ミケランさんの出産に立ち会ったことは彼女達のこれからの生き方にいい経験になったんじゃないかな。

「一つ気になることがあるんだけど……」

「なぁに?」

「双子だよね。どんな名前にするんだろう」

ああ！　と姉貴は手を叩いた。

「それよ！　忘れてたわ。……この世界では皆がいる前で名前のお披露目をするらしいのよ。アキトを呼んで来てって、頼まれてたんだわ」

俺達はすぐに焚き火の前から立ち上がるとリビングに向かって走っていった。

「遅かったな。……では恒例により、皆に我が子の名を披露する」

俺達がリビングに入ると、皆が集まっていた。もっともミケランさんは床の中だ。キャサリンさんのお母さんもいないところを見ると、ミケランさんに付き添っているのだろう。

でも、小部屋の扉は開かれており、セリウスさんの声が届くようになっているようだ。

セリウスさんの両隣にはジュリーさんとキャサリンさんが白い布で包まれた赤ちゃんを抱いている。

そんな三人の姿を見てたら、俺の方が緊張してきた。

「この場にいる皆に告げる。セリウスの長男、ミトリウスだ」

セリウスさんがジュリーさんの抱いている赤ちゃんの頭を優しく撫でた。

「こちらが、セリウスの長女、ミクリムだ。……末永く二人の成長を見て欲しい」

セリウスさんがキャサリンさんの抱いている赤ちゃんの頭を優しく撫でた。

俺達は赤ちゃんに祝福の拍手を送る。

「今日は、大したことはできぬが、三週間後に宴会を開く。楽しみに待っていてくれ！」

セリウスさんはそう言うと小部屋に入っていった。

ジュリーさん達も赤ちゃんをお母さんに返しにいく。


しばらくしてジュリーさんが、暖炉の前で休憩している俺達のところにやってきた。

「今夜は、私がここにいますので、家でゆっくりお休みください。予定より一月ほど早かったようですが、母子共に問題はありません」

それでは、後を頼みますと俺達は帰り仕度を始めた。

暖炉に焚き木を注ぎ足し、暖炉脇の焚き木入れに焚き木を補充しておく。新しくポットに水を汲み暖炉に掛けると、持ち込んだポットや鍋をソリに積み込む。

忘れ物がないことを確認して静かにセリウスさんの家を出た。

月明かりの照らす村の通りは冷え冷えとしているけど、俺達の心は暖かく感じる。これが満ち足りた気持ちなんだなと思い皆の顔を見ると、皆やさしく微笑んでいる。やはり同じように感じてるんだな、と思いながら家路を急いだ。

俺達が貴重な経験をしてから二十日ほど過ぎると、ネウサナトラム村に春が近づいているのが分かる。まだ、雪の降る日はあるけれど、それよりは暖かい日差しが差し込む日の方が多くなってきた。厚い雪に覆われた村も少しずつ雪の量を減らしている。

一か月も経てば、村人も畑仕事の準備を始めると、キャサリンさんが言っていた。そうなれば、静かだったこの村も活気が出てくるんじゃないかな。

そんなことを考えながら、俺はリオン湖の氷上を大型のソリを曳いている。

ソリの上には嬢ちゃんずがチョコンと並んで座っている様は可愛いとは思うんだけど、動き出すまでは結構重い。アルトさんが押してくれたんだけど、動き出したとたんに最後尾に飛び乗るから、まるでボブスレーみたいだ。まぁ、一度滑り出すと軽く曳けるんだけどね。

何度か休憩しながら、斧で氷を割って厚さを確かめたが二十センチ以上の厚さで覆われている。リオン湖の氷が溶けるのはさらに先になるんだろう。

嬢ちゃんずと一緒にリオン湖を一直線にソリで横切っているのには訳がある。

セリウスさんとこに双子が生まれて、そのお祝いが三日後にあるのだ。

でも、お祝いに手ぶらで参加するのは、俺も姉貴も少し気が引ける。日本人としての気質なのかも知れないけど、やはり問題だと思うのだ。

そこで、料理を持っていこうとなったわけだが、この季節は保存食で細々と食べているのが現状で、春を待つ時期ではまともな食材がない。

「チラは私達が釣るから、アキトはアルトさん達を連れて狩りをしてみれば」

姉貴の一言で嬢ちゃんずの目がキラキラと輝いた。

「そろそろ、カルキュルも巣穴から出る頃ですね……」

ジュリーさんが続けた言葉が決定打となった。

俺がソリを曳き、カルキュル狩りをするためにグライトの谷へと向かっているのだ。


グライトの谷を目の前にして最後の休憩を取る。

携帯燃料でお湯を沸かして、皆にカップ半分くらいのお茶を入れる。

量は少ないけど、すっかり冷えた体が内側から温まる。

「さて、カルキュルをどうやって狩るのだ。この季節、雪崩の危険性も高いぞ」

「これと、これさ」

俺は、腰のバッグからフェイズ草の茎と、姉貴のクロスボウをソリから持ち出した。

「フェイズ草か……。確かカルキュルの好物と聞いたが」

「キャサリンさんとフェイズ草を取っていた時、カルキュルを二匹狩った。どうもこの茎というか葉っぱというか、これが傷つく時の匂いで集まるみたいだ。ちょっと萎《しお》れてるから効果は分からないけど、闇雲《やみくも》に探すよりはいいと思う」

「なるほど、そこをボルトで仕留めるのじゃな」

「最後はそうなるんだけど、その前にちょっとやることがある」

俺は三人をその場に残して、姉貴のクロスボウを担ぎ、谷の斜面を慎重に登っていく。

村の鍛冶屋に作ってもらったアイゼンは四爪の簡単なものだが、それでも凍った谷底を滑らずに登ることができる。一〇〇メートルほど登った所で、谷の壁面に突き出した大岩に登ると、姉貴のクロスボウの台座先端のキャップを外す。

安全装置を外すと、トリガーガードの先にもう一つトリガーが台座から突き出した。

六十度の角度で谷の斜面の上を狙い、静かにトリガーを引いた。


シュポン！　……気の抜ける発射音の後に続いて、グレネード弾が炸裂する軽い音が聞こえてきた。と同時に、ゴゴオオォォー‼　と雪崩が谷底に起きる。雪崩は、俺が乗る大岩を通りすぎるとリオン湖の手前で止まったようだ。

まだ、雪煙が舞う中を嬢ちゃんずが待っている場所まで下りながら、雪崩の跡の雪面にフェイズ草を千切ってばら撒いた。上手く誘き出されてくれればいいんだけどね。


嬢ちゃんずの待っていた場所に着くと、ソリに姉貴のクロスボウを積み込む。

「アキト兄さんは使わにゃいの？」

「俺は見ているよ。三人で狩ってくれ」

ミーアちゃんの頭をポンポンしながら言った。

「我等に手柄を譲るというのか？　……まぁいい。ところで、どこで狩りをすればいいのじゃ」

「少し谷を登るんだけど、雪崩で雪が締まっていて、デコボコしてるから気を付けて」

「分かっておる。御主よりもギルドレベルは上じゃ。……サーシャ。ミーア行くぞ」

みるみる嬢ちゃんずが谷を登っていく。よく滑らないものだなって見てると、靴に細いロープを巻いて、簡単な滑り止めを自作したようだ。


俺も、谷を急いで登ると、嬢ちゃんずにフェイズ草をばら撒いた場所を教える。アルトさんは二人に軽く指示すると、ミーアちゃんとサーシャちゃんが谷の両側に離れていった。三人がデコボコした雪原に素早く隠れる。

クルキュルは姉貴のクロスボウを受けても胴体にそれほどめり込まなかった。幾重にも重なった羽毛がボルトの衝撃を和らげたのだ。

カルキュルもクルキュルの小型版だから、クロスボウがどこまで有効かは撃ってみないと分からない。嬢ちゃんずが襲われるような事態が生じないように、俺も少し上の岩陰に身を隠す。


しばらく待つと、雪原を近づいてくるものが見えた。

首を伸ばして、辺りをキョロキョロと眺めてる。警戒してるのか……。

岩陰から顔を出し、手で獲物が近づいてることを嬢ちゃんずに知らせる。

デコボコした雪原を苦労することもなくヒョイヒョイと軽い身のこなしでフェイズ草に近づいてきた。

カルキュルがフェイズ草の一片を啄《つい》ばもうと首を下げた時。

「テェー！」

アルトさんの高い声が聞えたと同時に、カルキュルの頭が四散《しさん》した。

三方向からの同時攻撃……。しかも一番防御しにくい小さな頭を嬢ちゃんずは狙ってたみたいだ。

雪原に倒れたカルキュルを大急ぎで谷の端に移動すると谷の上を見渡す。

谷の上の方に動く物を見つけた。軽やかに雪原を移動する動きを見ると、カルキュルに違いない。

「次が来るぞ！」

嬢ちゃんずに知らせると、また岩陰に隠れた。

次のカルキュルも頭を破壊される。弓兵の持つ最強の弓と同じとは注文したけど、同時に当たるとこれほどの破壊力になるとは思ってもみなかった。多用されることはないと思うけど、設計者としては少し気になる。

二匹獲れれば十分だろうということで、リオン湖の傍に焚き火を作る。昼食は、乾燥野菜と乾燥肉のスープ、それに焚き火で炙った黒パンだ。

もしゃもしゃとパンを食べながら熱いスープを啜《すす》ると、皆の笑顔が広がる。ずっと閉じ込められた生活だったから、久しぶりの狩りに皆満足したのだろう。

食事が終わるとソリの後にロープで獲物を結び、我が家へとソリを曳く。日は少し傾いてきたけど、夕暮れまでには帰れるだろう。

何回か休憩しながらソリを曳いていくと遠くに我が家が見えてきた。だんだん近づくと、こちらに手を振っている人がいるのが分かる。

どうやら、姉貴のようだ。心配しながら、ずっとリオン湖を見ていたのだろうか。ありがたいと思いながら、姉気の待つ我が家に力いっぱいソリを曳いていった。


「ご苦労様。どうだったの？」

「我が行くのじゃ。獲物なしということはない」

姉貴にアルトさんが胸を張って言ってるけど、たぶん一人ではどうしようもなかったと思うぞ。

俺は、ソリの後からカルキュルを二匹引きずってきた。

「肉屋に行って、さばいてもらってくるよ」

「我等が行こう。二匹あるのじゃ。一匹は宴会用にして、もう一匹は片足を我が家用に取っておき後は肉屋の取り分で良いな」

アルトさんはそう言うとサーシャちゃん達と自分達のソリに獲物を載せて出かけていった。

俺は後片付けだ。姉貴のクロスボウを返す。

「姉さんが言ったとおりに雪崩が起きたよ。後はミーアちゃん達の舞台だった。数十メートル離れてカルキュルの頭を狙撃できるとは思わなかった」

「練習してたからね。しかもあの弓は強力でしょ。胴体だったら分からないけど、頭なら防御は無理だからね」

姉貴はさもあらんてな感じだ。予想してたのか？

二人で家に入るとジュリーさんがテーブルで編み物をしている。随分と小さいものだけど……。

ひょっとして、双子への贈り物なのかもしれないな。

「寒かったでしょう。今のうちに暖炉の傍で温まると良いですよ」

ジュリーさんの言葉に暖炉の前に横になる。たぶん一時間は寝ていられるだろう。


「ところで、姉貴の方はどうだったんですか？」

「ミズキさんの方も沢山獲れてましたよ。今夜焼くと言ってましたけど」

ジュリーさんは編み手を休めることなく俺に答えてくれた。

その前で同じように編み物を始めた姉貴が微笑んでる。何を作っているのか分からないけど、前に貰った左右の腕の長さが違うセーターよりもマシな物だといいな。


その夜は、普段の食事に二品が追加された。カルキュルの照り焼きにチラの串焼き。どちらも頑張って獲った獲物だ、獲った時の情景が蘇るのか皆美味しそうに食べている。

「アルト姉様、何ゆえこちらで頂く食事は美味しいのじゃろうか？」

「サーシャが雪穴に隠れて倒した獲物だからじゃ。王宮では何の苦労なく料理が運ばれてくるが、ここでは己が獲物を倒さねばこれらの物は食せない。サーシャも王宮に戻ったならば、出される料理の裏に隠された猟師、調理人の苦労を考えねばならぬぞ。決して無駄に残すことがないようにな」

ジュリーさんが、ゆっくりと諭《さと》すようにサーシャちゃんに説明するアルトさんを見ている。ちょっと涙ぐんでいるようにも見えるが俺の気のせいだろうか。


春がそこまで来ている。

村の日当たりの良い場所にはもう雪は残っていない。リオン湖の氷も薄くなってしまい、穴釣りは楽しめない。ギョェー……と変な声で鳥達も鳴きだして、村人も南の段々畑で種まきの準備をするため、六本足の牛で畑を耕し始めた。

でも、日陰にはまだ沢山の雪が残っているし、何よりも通りが雪解け水でぬかるんでいる。おかげで革のブーツはすぐに泥だらけになる。何か良いような、悪いような微妙な季節だな。

十日ほど前の双子の誕生祝いは、まぁ盛大に行われたのだろう。始まって一時間以降の記憶がない俺にはそう言う外《ほか》はない。

招待客は、セリウスさんの近くに住む村人と俺達、それにたまたまギルドにいたハンターを合わせて三十人以上になった。

村の宿屋の食堂を貸しきって昼間に行ったのだが、食堂と言えどもこの季節にご馳走を期待するのは酷というものだろう。いつもより肉が大目の普段の料理と祝いの酒。それでも、招待した客達は集まってくれた。

セリウスさんがミケランさんの抱く双子の名前を紹介して、アルトさんが本来の姿で祝福と乾杯を行った。俺達が持ち込んだカルキュルとチラが、調理を終えて運ばれてくると、村人達が驚きの声を上げる。皆に分配するとホンの一口程度であったが大いに持て囃《はや》された。飲んで、食べて、また飲んで……。その後の記憶がない。

目が覚めたら、布団ではなく暖炉の前に寝ていた。起きた俺を、皆が可哀想な目で見ていたんだけど……何があったんだ！

気になって皆に聞いてみたんだけれど、「お酒はあまり飲まないように」と言うだけだ。余計に気になるぞ。


そんなことがあったけれど、今日は朝からカヌーに革を張って表面に防水塗料を塗っている。防水塗料はセリウスさんから譲り受けた。ログハウスの屋根の防水に塗ったもので、原料は何とウミウシの体液らしい。二度塗りして乾かせば全く水を通さないそうだ。

今俺が履いているブーツも、くるぶしから下側は同じ塗料が塗られている。おかげでぬかるんだ場所を歩いても中に滲みてくることはない。

カヌーの外も中も塗り終えると、家の影に運んで陰干しにする。急に乾かすと、表面がひび割れしてしまうらしい。

まだ寒い季節だ、そんなことをしていると結構体が冷えてくる。急いで、家に入ると暖炉の前で体を温めた。


「はい」と姉貴がカップを渡してくれた。コーヒーの良い匂いがする。

「できたの？　……アルトさん達が楽しみにしてるけど」

「もう少しだね。防水塗料は塗ったから、乾くのを待つだけだ」

「あのウミウシのだよね。……ホントにこの世界の物って驚くよね」

「ところで、三人組は？」

「セリウスさんの家に、ジュリーさんと出かけたわ。たぶん夕方には帰ってくると思うけど……」


三人とも赤ちゃんが珍しいのかな。お祝いの後は毎日のように出かけてるけど、邪魔にならないか心配だ。

ミトにミク……。赤ちゃんの姿は人よりも猫に近く見える。泣き声がミャーミャーだから余計にそう見えるのかも知れないけど、薄い茶色の髪から覗く猫耳とほっぺのやわらかいヒゲがとってもかわいい。尻尾は見たことがないけど、両親のどちらに似ても長い尻尾のはずだ。

そのうち、ハイハイし出したら誰がダッコするかで嬢ちゃんず内でケンカしないか心配になる。まぁ、その時はケンカが終わるまで俺がダッコできるんだけどね。

7話

The 7th STORY

Under the Yggdrasill tree

貴族のハンター

「ところで、最近ギルドに行ってないけど、依頼はないのかな？」

「そうだね。最後の依頼がカラメルの依頼だし、あれはギルドを通していないってことは……。灰色ガトル以来、依頼はないってことになるね」

そんな話から、ギルドに出かけてみようということになり、灰色ガトルの帽子を被り、マントを羽織ると二人で家を出る。

通りのぬかるみはいつもどおりだ。なるべく水溜りを避けて通りを歩いていく。

ギルドの扉を開くと、ホールには数人の見知らぬハンターがいる。そろそろ依頼があると踏んで町から出てきた者達かもしれない。

依頼掲示板を覗くと、何枚かの依頼書が張ってある。

「これは、マゲリタ退治だわ。……こっちは、ナビ退治？　ナビって何だろね。後は、山菜採取の依頼だね」

「でも、赤レベルだよ。少し様子を見て誰も受けなかったら俺達でやろう」

明日また来ようと掲示板を離れると、テーブルのハンターから声を掛けられた。

「オイ！　……ちょっと待て。お前等が被っているのは灰色ガトルの毛皮だな。こちらのゲイム様が銀貨十五枚で買ってくださるそうだ。春先で金が必要だろう。どうだ？」

ハンターの中のガタイのいい奴が、俺に叫ぶように告げた。

「お断りします。この冬に仕留めた毛皮なんで記念品なんですよ」

そう言って帰ろうとすると、いきなり男が席を立ち俺の前を塞いだ。

「いいか、よく聞けよ。……お前の帽子は高レベルの証だ。町から来た、成り立てのハンターが被っていいもので……！」

男が最後の言葉を濁す。帽子からはみ出した俺の耳を見ている。

「どこで手に入れたか知らぬが、まがいものの虹色真珠とは恐れ入った。それも込みで置いていけ！」

右手を俺に出した男を無視するように帰ろうとすると、男はいきなり拳を固めて俺に殴りかかってきた。片足を引き、体を半身にしてその拳を避けると、素早く手首を捉えて捻ると同時に肘で相手の肘を押し上げる。

ズダン！　と大きな音がホールに響き、俺に殴りかかった男は床に叩きつけられた。

男をそのままに放置して姉貴の待つ扉に歩き出すと、別のハンターが俺に声を掛けてきた。

「待て、俺達のメンバーを痛めつけたということは、ゲイム様の顔に泥を塗ったことになるが、それでいいのだな？」

やせた男が、身なりのいいハンターを指差した。

「構いませんよ。ではこれで……」

帰ろうとする俺になおも男は言葉を続ける。

「待て、それではお前達はこの王国から追放になるぞ。それでもいいのか？」

「別に……」

バタンとギルドの扉が開いて、俺の言葉はそこで止まってしまった。姉貴が突然開いた扉にびっくりしている。

現れたのは、セリウスさんだった。つかつかと俺の前を通りすぎ、見知らぬハンターの前に歩いていく。

「まだこんなことをしているのか。親父殿が聞きつけたら、さぞ嘆かれるだろうに」

「セリウスか。親父と俺は別だ。そして、お前と奴らも別のはずだが……。少なくとも俺の好意を踏みにじって、従者を投げ飛ばしたのだ。さらにギルドランクの偽証も考えられる。……ここは、お前の顔に免じて、彼らから帽子を進呈してもらえれば、なかったことにしよう。どうだ？　でなければ、父に願い出てハンター資格を取消し、国外追放とするがいいのか？」

身なりのいいハンターはセリウスさんにそう告げたが、それを聞いたセリウスさんは首を振っている。

「良いか、お前の親父殿の身分は男爵。……王都では中流になる貴族だ。そして、男爵であれば国王への願いの届出も可能となる。彼らがただのハンターならそれも可能だ。だが、彼らについては少し事情が異なる。もし、お前の親父殿がさっきの言葉を国王に告げたならば……、いいか。よく聞くのだぞ！　国外追放になるのは、お前達一族だ。その理由は詮索するな。それすらお前の一族を危うくすることになりかねん」

「俺を脅すのか？」

「脅しではない。お前の親父殿に世話になった礼を言ったまでだ」

セリウスさんはそう言うと彼らから離れてカウンターに向かった。

慌ててセリウスさんのところに駆けていき、礼を言うと姉貴とギルドを後にした。

「でも、銀貨十五枚か……。今度手に入れたら譲ってあげてもいいね！」

家に向かう途中で姉貴が俺に振り返りながら言った。

「そうしてもいいけど、これは譲る気がないね。狩るのに苦労したんだから」

「その帽子のは私が狩ったんだよ。アキトが狩ったのは敷物になってるでしょう」

まあ、確かにそうだけど、これは俺のだ。


そんなことで家に帰ってきたのだが、まだ嬢ちゃんずとジュリーさんは帰っていなかった。

二人でお茶を飲んでいると、扉が叩かれる。姉貴が扉を開けると、現れたのはセリウスさんだった。テーブルに招きお茶を出して、先ほどの礼を改めて言った。

「相手が悪かったと思って早く忘れることだ。あの手の輩《やから》は王都へ行けば掃いて捨てるほどいる」

「話には聞いていましたが、どうしようもない人達ですね」

「多くは、貴族の次男、三男だ。親の跡を継ぐこともできず、残される遺産も少ない。それで、ハンターになるのだが……。高い報酬でレベルの高いハンターを雇い、短期間でレベルを上げる。まぁ、それも仕方がないことではあるのだが」

残念そうにセリウスさんが言った。

「俺達は気にしてませんよ」

「それならいいが……。もし、今後似たようなことがあれば、手足を切り取るくらいはかまわんぞ。但し、ギルド内での抜刀《ばっとう》はご法度《はっと》だ。いいな」

最後にとても物騒なことを言ってセリウスさんは帰っていった。

嬢ちゃんずが帰ってきたので、先ほどの話をアルトさんから切り出してきた。

「貴族の坊ちゃんに会ったのか？　貴族のハンターなぞ皆あのような輩ばかりじゃ。相手に口実を与えないのが一番なのじゃが、向こうから絡んできた時は手足の一本ほどは構わんぞ」

セリウスさんと同じことを言っている。

「ハンターは国法の枠を超えています。優れたハンターは魔獣襲来時に備え、各王国とも確保に努力しています。たとえ高位の貴族の嫡男《ちゃくなん》であっても、銀三つ以上のハンターと諍《いさか》いを起こしたならば、その国の国王は貴族の嫡男を切り捨てるでしょう。それほどに高レベルのハンターは貴重なのです」

ジュリーさんが訳を説明してくれた。でも、それだと人格に問題のあるハンターが出てきたらどうなるのだろう？

「諍いを起こす原因がハンター側にあってもですか？」

姉貴も疑問に感じたようだ。

「ハンターは基本的に仲間内での諍いを起こしません。これはレベルの高い依頼をこなすのは一人では不可能と知っているからだと思います。よって、普段から仲間との協調性を重視します。もし、他のハンターと協調性を持てないハンターであるならば、評判を落とし自然にギルドレベルは頭打ちとなりましょう」

「精々黒五つほどじゃ。それ以上はよほど金を積まねば無理じゃろう。それでも上を目指すものはおるが、ほとんどは依頼処理中に死亡する。ギルドレベルが銀となれば発言力は貴族に並ぶのじゃ」

アルトさんが補足してくれたけど、俺にとっては衝撃の内容だ。銀で貴族なら、金はどうなるんだろう。……名誉職だって聞いたけど。

「でも、私達は黒五つですよ。銀なんてまだまだです」

「虹色真珠を持つ黒五つ……。この事実だけで、高位貴族と万が一にもお前達が諍いを起こした場合、国王は貴族を切り捨てる。よいか高位貴族をだぞ。虹色真珠とはそれほどのものなのじゃ。それを持つものに邪《よこしま》なものはおらん。不思議なことじゃが事実じゃ」

アルトさんが断言すると、温くなったカップのお茶を飲み始めた。

ハンターの諍いはハンター同士で措置すればいいのかな。それに関して王国は原則不干渉……。たとえ相手が誰であろうとも国が取り上げることはない。無理に国に取り上げさせようとすればその身分を失う。

俺達に干渉しない限り、俺達は相手にしない。それを基本にしていれば、俺達の生活に支障はないはずだ。そして過大な干渉を受けて俺達で対処できない時は、この国を去ればいい。

ギルドで貴族のハンターに会ってから十日ほど過ぎると、村の通りの雪もすっかり消え去り、僅かに日陰に溶け残った雪が残っている程度だ。

リオン湖の岸辺にはまだ薄く氷が張っているけど、沖の方はすっかり溶けて青い水面が見え始めた。その水面にアクトラス山脈の白い頂が映っている。そろそろ、山菜の採取時期に近づいてきたようだ。

まだ山には雪は残っているけど、それほど深くはないはずだ。そろそろ嬢ちゃんずのストレスも限界に近づきつつあることだし、簡単な採取依頼を探すべく、ギルドに一人で出かけてみる。

通りに出ると、結構人に出会う。軽く挨拶を交わすが、村人以外にハンターも多い。

これは、恰好の依頼も期待できると、ギルドの扉を開くと、依頼掲示板に向かう。積雪期が嘘のように沢山の依頼書が張ってある。

採取依頼では……、まだ薬草類は出ていないが、テルピの芽というのがあるぞ。

姉貴がいないから図鑑で調べる訳にもいかず、困って周囲を見回したら偶然にシャロンさんと目が合った。

「テルピの芽ですか？　……赤三つの依頼ですけど」

俺が、テルピの芽を尋ねると、どうやら俺が依頼をこなすと勘違いしたようだ。

「俺じゃなくて、嬢ちゃんずの雪山遠足を兼ねたいんだ。赤二つがいるから丁度いいと思ってね」

「なら、いいんです。てっきりアキトさんが依頼をこなすとばかり思ってました」

「それで、テルピって何なのかを教えて欲しいんだけど……」

シャロンさんから聞いた話では、5～7Dくらいの高さの低木の芽だそうだ。全体が鋭いトゲに覆われているから、すぐに分かるとのこと。森の手前の日当たりのいい場所に沢山あるらしい。芽を摘む時には、硬い芽ではなくて膨らみ始めて少し葉が開きかけたものが良いと教えてくれた。

依頼書にドン！　と大きな依頼確認の印を貰って我が家へと急ぐ。


「テルピの芽ですか。……随分と面白い依頼を受けてきましたね」

姉貴とチェスの対戦中だったジュリーさんは、俺の持ってきた依頼書を見て言った。

「面白いって、どんな意味なんですか？　私には簡単な採取だと思うんですが」

姉貴は図鑑を広げてる。

「この依頼が面白い点は、テルピとラビの関係にあります。単なる採取依頼にしては高額な一個5L。……これは、この地方のこの時期に、ラビが大量に地上に現れることを意味しています。ラビは群れを作り多くは木の根元で越冬します。ですから、テルピを得るには、ラビを退治してからでないとできません」

姉貴が急いでラビを図鑑で調べ始めた。

ウェ！　って驚いてる。姉貴の後ろに回り込み図鑑を見てみると……、蛇だ！　大きさ的には、太さ二センチほどで長さが一メートル弱……。普通の蛇だな。毒はないけど噛み付くみたいだ。だが、最大の特徴は、一〇〇匹ほどが纏《まと》まってボール状になり、その状態で襲い掛かることが多いとある。顔のないメドーサの首みたいな絵が下の方に描かれていた。隣に描かれた人と比べると、五十センチ程度のボールだ。

こんなの相手にしたら、夢に見そうだ。なるほど、それで依頼を受ける者がいなかったわけだな。確かに誰も受けたがらない依頼だ。でも、面白いのか？

「とりあえず受けた以上は責任があるから、彼女達が乗り気でないなら私達でやりましょう」

涙が出るくらいに有難いお言葉だったが、生憎と期待は裏切られるものだ。

「テルピにラビじゃと！　……依頼を取ってきたのじゃな？　……でかした。見直したぞ！」

それがアルトさんのお言葉だった。何故か、嫌がるどころか褒められた。……何で？

「姫様はラビボールが大好きで、小さい頃からこの種の依頼をやっていたのですよ。さすがに赤五つくらいになると、周りの目を気にしてイヤイヤながら止めたのですが……」

「でも、ラビですよ。ウネウネ、パックンですよ！」

「一匹なら、ウネウネ、パックンじゃが、ラビボールはコロコロ、パックンじゃ」

俺が再評価をジュリーさんに訴えたが、アルトさんに訂正されてしまった。

「あれは、少し離れた所から棒でつつくと面白いのじゃ。結構、ムキになって向かってこようとするのだが、所詮ダンゴ状態。上手く進めずにオロオロするところが可愛いぞ。そして、斜面であれば結構転がるのだが、それでもダンゴから抜け出せずに目を回すのじゃ。飽きたら、【メルト】で一網打尽。……そう言えばサーシャよ。【メルト】は覚えていような？」

「まだじゃ。【メル】は覚えたのじゃが……」

「それなら、爆裂球で良いじゃろう。生き残ったラビは【メル】で始末するのじゃ」

ミーアちゃんもアルトさんとサーシャちゃんの話を聞いて目が輝いている。

姉貴は、呆気に取られて口を開けたまま。俺だってびっくりしてるくらいだ。

いったいこの嬢ちゃんずには、嫌い！　怖い！　という感情はないんだろうか。だいたい女の子は蛇を見るとキャー！　って言いながら飛び上がるんじゃないか？

嬢ちゃんずもキャー！　って飛び上がるんだろうけど、それは期待とラビを苛《いじ》める嬉しさで飛び上がるのだ。

ジュリーさん。貴方の教育はどうなってるのですか！　と叫んでみたいけど、嬢ちゃんずを優しく見ている姿を見ると何も言えなくなってしまった。

「私はイヤ！」って姉貴が遅れて叫んでいる。

ジュリーさんを見ると、「生憎、ミケランさんのお手伝いを頼まれまして……」と、遠まわしに断られた。どうやら、俺が引率しなければならないようだ。

そんなわけで、俺と嬢ちゃんずは暖炉の前でテルピ採取の装備を確認する。

森の近くの日陰には、まだ沢山の雪が残っているので、装備は冬支度だ。熱くなれば上着を脱げばいい。「棒がいるぞ！」というアルトさんのアドバイスで三人に一、二メートルほどの杖を作ってあげた。携帯食料と大型水筒、それに四人分の食器と調理器具を魔法の袋に入れて俺の腰のバッグに押込む。各自が小型の水筒を持てば準備はＯＫだ。

「クロスボウは置いていけ。森の手前じゃ。危険な獣はガトルぐらいじゃろう」

アルトさんの言葉に二人はクロスボウを嬢ちゃんずの部屋に置いてきた。最後に、一人二個ずつジュリーさんが爆裂球を渡してくれた。

次の日。姉貴とジュリーさんの見送りを受けながら、俺と嬢ちゃんずは北門を出て森への小道を進む。小道は所々に雪が残っているがぬかるみはない。久しぶりの遠足みたいで嬢ちゃんずの足取りは軽い。それは山の坂道に差し掛かっても変わることがない。

山の森に手前で右に曲がる。ジュリーさんの話では、この先にあるリオン湖へのなだらかな斜面にテルピの木が沢山あるそうだ。

しばらく歩くと、なるほど棘《とげ》のいっぱいある潅木が生えていた。枝先に丸く、イチゴほどの新芽が生えている。

ミーアちゃんが革手袋で恐る恐るテルピの芽を摘み取る。そして、腰に下げたバッグから小さなカゴを出すと、その中に入れた。新芽を全部取ってしまうとテルピの木が枯れてしまうそうなので、半分ほど皆で摘み取ると次のテルピの木に移る。なんか、簡単な依頼に思えてきたぞ。

大きな岩があったので少し早いけど昼食にする。潅木の枝を切ってきて小さな焚き火を作ると、ポットに水筒の水を入れてお湯を沸かす。

姉貴が持たせてくれたお弁当は、いつもどおりの黒パンサンドだ。生野菜がないから、具はハムだけだったけど、干した果物が添えてあった。

お茶の葉を沸いたポットに入れて再度沸騰させる。それを皆のカップに注いで、食後のお茶を飲む。どちらかと言うと、ぱさついたパンだから、食後のお茶は必需品だ。

俺がお茶を飲んでいると、アルトさんが俺の服の裾をチョンチョンと引いた。

何だろうとアルトさんを見ると、彼女は黙って少し離れた所のテルピの木を指差した。

「あの木の根元じゃ。大きな穴が開いているじゃろう。……ラビの穴じゃ」

嬢ちゃんずはお茶を急いで飲み込むと、杖を持って穴に向かっていった。早速、杖で穴の中のつつき始めたぞ。しばらくつついていると、ササーっと穴から離れる。

すると、……出てきた。ウネウネと沢山の蛇が一塊になってダンゴ状態だ。そのダンゴから沢山のラビがウニの棘《とげ》のように頭を突き出し、小さな口を開けてシャー！　と威嚇《いかく》している。ラビは棘のように見える沢山の歯を持ってはいるのだが、ちょっと小さすぎる。毒は持たないって言ってたから、確かにこれでは恰好の遊び相手だ。

まずは、アルトさんが杖の先でラビボールをつついている。コロコロと転がりラビ達は大変な騒ぎだ。盛んにシャーシャーと文句を言っているように聞える。

それでも、どうにかアルトさんの方に転がって、アルトさんに襲い掛かろうとするが、あまりにもその動作がゆっくりしすぎている。今度はミーアちゃんに転がされた。ミーアちゃんに襲い掛かろうとコロコロと転がり始めると、サーシャちゃんに杖の先でまたつつかれる。

何度かツンツン、コロコロを繰り返すと、最後にアルトさんが杖を大きく振りかぶって、ゴルフスイング……。ラビボールは緩やかな斜面をどこまでもコロコロと転がっていった。

すかさず、嬢ちゃんずが追いかけていく。見えなくなったので追いかけようとすると、斜面の下の方でドォン！　と音が聞こえてきた。しばらくすると、嬢ちゃんずがニコニコしながら斜面を上がってくる。

「良いか。遊んだ後は確実に止《とど》めを刺すのだ。今回は爆裂球を使ったから少し、生きてるラビがいたが、本来は【メルト】を使う。さすれば、一瞬で殲滅《せんめつ》できるぞ」

アルトさんが歩きながら、二人にラビの措置方法を伝授している。少女は残酷だと、どこかで聞いたことがあるけど確かにそうだと俺は思った。

嬢ちゃんずが帰ってきたところで、ラビの穴があったテルピの木の新芽を確保する。下の方は嬢ちゃんずに任せて、俺は上の方の新芽を摘む。ある程度カゴにたまると、ミーアちゃんが魔法の袋に移しかえる。

ラビボールの遊びはちょっと残酷だけど、嬢ちゃんずには好評で、次々にテルピの根元にある穴を探し出す。それからしばらくは、ツンツン、コロコロを繰り返し、最後にはドォン！　で終了となる。姉貴は蛇は嫌いだけど、この光景を見たら何と言うだろう。そんなことを考えながら嬢ちゃんずの遊びを見守り続けた。

早春のお日様が傾き始めると急激に気温は低下する。嬢ちゃんずに風邪なんかひかせたら、姉貴とジュリーさんにどんな実力行使を受けるか分かったものではない。そろそろ、嬢ちゃんずもラビボール遊びに飽き始めたようである。依頼のテルピはだいぶ確保してあることから、夕暮れ前に我が家に引き返すことにした。


四人で森の裾を山への小道を目指して歩いていた時だった。

突然、俺達の前に男が飛び出した。どこかで、見たことのある奴だ。……そうか。ゲイムとかいう貴族ハンターの身内の一人で、俺に投げ飛ばされた男だ。

「へへへ……。後をつけてきたが、まさかチビッコを三人も連れてるとはな」

辺りを見渡すと、森の中からこちらを見ている二人を見つけた。隠れているようだが俺の目はごまかされない。

「先を急ぎますので、また今度」

俺達が男の横を通りすぎようとした時だ。

「待てよ。まさか、そのまま行くなんて考えてないよな！」

男はそう言うなり、嬢ちゃんずの一人の肩を掴む。

ヒュン！　と空気を斬る音がしたかと思うと、グアァァ！　と男が大声を上げて、もう片方の手で嬢ちゃんずの肩を掴んだ腕を掴む。しかし、掴んだ腕は肘から先がなかった。

アルトさんが俺のグルカで男の腕を切り取ったようだ。

男が慌てて、切断された自分の腕を捜す。嬢ちゃんずが踏みつけていた腕を見つけると、身をかがめて腕を引き抜く。急いで切断面を合わせて【サフロ】を唱える。後はナイフを添え木にして、シャツを引きちぎってぐるぐる巻きにした。

手際がいい、応急措置としては十分だろう。だが、【サフロ】は表層の傷に対処できるだけだ。骨、筋肉、神経等はこの後【サフロナ】で直す以外に手はないはずだ。はたして村に【サフロナ】を使えるハンターはいるのだろうか。

うずくまる男を無視して、小道に急ごうとすると、森の奥からゲイム達が姿を現した。

「やってくれたな。黒五つの腕を取るとはなかなか勇ましい嬢ちゃん達だ。……そんな貧相な男より、俺についてこないか。家も服も望む通り、場合によっては男爵夫人になることも可能だぞ」

俺達はそんな言葉に聞き耳持たずに先を急ぐ。

何かが俺達の傍を飛んで、目の前でドォン！　っと火炎弾が爆ぜる。

「ゲイム様が仰っておられるのだ。素直に従う方が良いのではないか」

俺達が振り返ると、痩せた男が魔道師の杖を構えてこちらを睨んでいる。

そんな彼らにサーシャちゃんは、腰のバッグから爆裂球を取り出すと、ポイって投げた。

俺達は急いで駆けだす。……ドォン！　と後から爆発音がするけど、……あいつら、だいじょうぶだよな。

トコトコと四人で歩いていくと、ようやく山への小道が見えてきた。ここまで来ればもう追ってこないだろうと後ろを見ると、ボロボロの格好で俺達の方に走ってくるゲイムを見つけた。……執念だけはあるみたいだ。どんな人間でも一つぐらいは感心できるところがある、と姉貴の爺さんが言っていたのを思い出した。嬢ちゃんずを先に返して、ここは俺が残ることにする。

バイバイ……って手を振りながら嬢ちゃんずが山道を下っていく。

俺はゲイムのやってくる方に体を向けると、奴が来るのを待った。

「よくもよくも、この俺をこんな目に合わせてくれたな。当然覚悟はしていると思うが、俺は寛大な貴族だ。そのイヤリングと帽子を置いていけば、ひょっとして俺の気が変わるかもしれんぞ！」

まぁ、凄んではいるんだけど、そのボロボロの格好ではね。

「生憎ですが、このイヤリングは俺にも取れません。そして、帽子くらい自分で狩ればいいでしょう。……それでは」

とりあえず丁寧に断って先を急ごうとすると、ゲイムはいきなり長剣を引き抜き、俺の前に回り込んだ。

「逆らったことを命で償ってもらおうか……エェイ！」

いきなり斬りかかってきたけど、そんな踏み込みではガトルだって殺せないぞ。

片足を軸にして半回転すると奴の背中を掌底《しょうてい》でドンっと突いてやった。

ゲイムは長剣を振り下ろしたまま一メートルほどよろよろと下がって地面に顔から突っ込んだ。

土だらけの顔を上げて俺を睨むと、長剣を杖に立ち上がり上段に構える。

俺に向かって一歩踏み込みながら、斜めに長剣を振り下ろす。

シュパン！　俺とゲイムは唖然としてその場に立ち尽くす。俺が、奴の長剣を素早く抜いたグルカナイフで受けようとすると……、グルカナイフが奴の長剣を両断したのだ。しかも、ほとんど手応えを感じずにだ。

「……何なんだその剣は。丁度いい、それも置いていけ！」

俺は、少しこいつが気の毒になった。……要するに子供なのだ。欲しい物は手に入れる。しかもそれが当たり前だとこいつは思っているみたいだ。だったら、俺がすることはただ一つ。こいつに、自分の思いどおりにいかないものがあることを教えることだ。

「生憎と、このグルカも頂きもので貴方に与えられるものではありませんよ。……それでは！」

俺が小道を下ろうとした時だ、鋭い殺気を感じて振り返ると、奴の手から【メル】の火炎弾が放たれようとしている。咄嗟にグルカを抜きざまに奴の腕を切り取った。

さして手応えもなく奴の右腕がボトリと落ちる。鮮血を辺りに飛び散らせながら、ギャァァー……と叫んで転げ回る。遠くから奴の取巻きが走ってくるのが見えた。後を彼らに任せて俺は村に向かって足を進める。

我が家に帰り着くと、皆が俺を待っていたようだ。もっとも、嬢ちゃんずはあれからギルドに行って採取依頼の報告を行い、しっかり報酬を貰って、先ほど帰宅したみたいだ。テーブルに着くと、姉貴が「ご苦労様」と、お茶のカップを渡してくれた。

「それで、どうだったの？」

姉貴の問いに、山での経緯を話すことになったのだが……。

「興醒《きょうざ》めじゃ。ゲイムとやらに会ってしもうた」

「それでは、まだこの村にいたのですね。……分かりました。十日ほど留守にしますが……姫様、自重してくださいね」

そう言ってジュリーさんは、もうすぐ夕暮れだというのに家を出ていった。

「心配するでない。ジュリーは父上に会いに行ったのじゃ。すぐに戻る」

アルトさんの父上って、現在の国王だよな。……簡単に会えるんだろうか？　何のためかも気になるところだ。


数日が過ぎていった。万が一のことを考え、いつでも戦闘ができるように装備を整えて日々を過ごす。と言っても、俺は姉貴を相手にチェスをして、嬢ちゃんずは暖炉の前でスゴロクを楽しんでるだけだけど。

セリウスさんはあれから一度訪ねてきて、ジュリーさんが王都に行ったのならば心配ないって言っていた。たぶん俺達を元気付けようとして来てくれたんだと思う。義侠心《ぎきょうしん》があるから、頼りがいはあるが、しつこい奴等に双子まで狙われては本末転倒だ。

「だいじょうぶですよ。俺も姉貴も、アルトさんもいますから」

「その姫が一番心配だ。よく見張っててくれよ」

流石にポイントを押さえている。それを言われるとあまり自信がない。

不思議なことに、意外とセリウスさんは王宮に詳しいのだが、何かありそうでちょっと本人には聞きにくい。後でジュリーさんに聞いてみようと思う。


何日かが過ぎた日のこと、突然扉を乱暴に叩く音がした。

採取鎌を手に扉の鍵を開けると、家の前の広い庭に二十名ほどの男達がたむろしている。

「アキトという者は御主か?」

赤く染め上げられた革ヨロイに身を包んだ大柄の男が俺に問う。

「俺が、アキトですが何か?」

「お前を、反逆罪、窃盗及び誘拐の罪で逮捕する。逆らえば命はないものと思え」

いきなり大声で俺の罪を告げると俺の腕を掴んだ。その手首を俺は逆に掴んで関節を捻り庭の石畳みに投げつける。

ガシン! といい音がした。鼻でも打ったのか血まみれの顔を俺に向ける。

「大人しくしておれば、腕を折るくらいで済んだものを……。盗賊は抵抗した。皆、抜刀を許す。この場で斬り捨てろ」

オォォ! と男達の声が上がる。こりゃ、やるしかなさそうだ。家から数歩歩いて奴の前に出ると、俺を男達が扇型に取り囲んだ。

ざっと男達を眺めると、ハンター風の者、それに赤い革ヨロイに身を包んだ兵士風の者がいる。

「【アクセル】」と小さく呟き、身体機能を上昇させる。

オリャァ！　と左手から片手剣で突いてきた男を、体を回転させて凌ぎ、脇腹を採取鎌で打ち付ける。続いて俺に長剣を振ろうとした男の腹を石突きでズンと突き刺す。

手強いと見た男達が俺の包囲を少し広げたのを見て、採取鎌を家の方に放り投げ、グルカを引き抜いた。黄色く光る刀身を見て男達に戦慄が走る。

「ぬるいぞ。何故、殺さぬ。……よいか。我等は無実なのじゃ。それを襲うのは盗賊。そして盗賊ならば成敗しても国法には触れぬ」

アルトさんがそう言いながらグルカを抜いて俺の右に立つ。でも、嬢ちゃん姿なんだよな……。姉貴も、槍を持って扉の前に立つ。トリスタンさんとの約束だ。サーシャちゃんを守るためならという感じで短い槍を構えている。家の扉は開いたままだ。扉の奥には木箱を倒して、クロスボウを構える二人がいた。

アルトさんを見ると、アルトさんと目が合った。アルトさんが頷いたと同時に、ウオォー！　と声を上げて男達の中に乱入する。グルカを小さく振りながら男達の武器を持つ腕を次々に叩き斬る。軽いグルカはそれほど力を入れずとも、容易に俺の意のままに相手を無力化していく。

アルトさんの方は少し過激だ。狙うのは腹……、ひょっとして、ワザと嬢ちゃん姿でいるのかも知れない。身長的に相手の腹を狙いやすいのだ。その攻撃は、突くのではなく、脇腹をはらうように斬りつける。内臓を少し傷つけ、動けば傷口からはらわたがはみ出すような絶妙な傷を作っていく。剣姫と言われるのが少し分かった気がする。

ウオォ！　という声とともに、右手から繰り出された槍を叩き斬ろうとしたら、突然に男が倒れた。次の男の斬撃を避けながらチラっと倒れた男を見ると、足にボルトが貫通している。ミーアちゃん達も加勢してくれてるようだ。扉には姉貴がいるから心配はない。残り十人程度になった時、ゲイムが男達の後から現れた。

「よくもやってくれたな。……だがこれでお前達も終わりだ。ここはサナトラ男爵領だ。その治安部隊をやったのだ。ここは逃れることはできても王家の軍が動く。先ほど使いを出した。もうすぐ砦の兵が来るだろう。どこへも逃げることはできぬさ」

笑いながらも俺のことを油断なく見ている。

男達の中に【サフロ】を使える者がいるみたいで、俺とアルトさんの隙をうかがいながら悶え苦しむ男達の治療を始めた。


俺達と男達のにらみ合いが続いていると、通りの方から新たな一団がやってきた。

チェインメイルに身を包んだ数十名の一団がやってくると、俺達全員を取り囲んだ。

「これはこれは第一軍の皆様方。……お見苦しいところをお見せして申し訳ありませぬ。ただ今、捕り物の最中でして、あの家にいる男と女、ハンター崩れの盗賊でございます。私の宝の宝石、帽子、武器を盗み、我が家の奴隷を盗みおりました。まぁ、奴隷はきつく焼き鏝《ごて》でも押し付ければまた使えましょうが、そこの男と女はここで切り捨てるつもりがこの有様、真に申し訳ありませぬが力添え願えぬでしょうか。もちろん我が父上より恩義があったことは国王様に報告いたします」

ゲイムは、新たな一団の中でチェインメイルの上に薄いコートを着た男にそう言った。

どうやら、彼が隊長らしい。

「なるほど、盗賊か。その訴えしかとこの耳で聞いた。もはや言い逃れはできまい」

隊長の言葉を背中で聞いて、ゲイムは俺を見て笑っている。

「ところで、ここにいるハンターは何者だ?」

「彼らは、私の危急に馳せ参じた者達です。いずれも名のある貴族のご子息です」

「そうか。……残念だな」

そこに、石畳を駆けてくる足音が聞えてきた。

「……ハァハァ……。遅くなりました。姫様ご無事でしたか?」

ジュリーさんが来たみたいだ。このタイミングで、どういうことなんだ?

「どうやら、一件落着じゃな。後は任せるぞ」

「ハハァ!　……お任せください」

隊長は丁寧にアルトさんに答えた。

「どういうことだ。ここは我が所領。お前が勝手に采配は振るえぬぞ!」

「ここは、王家直轄領となった。サナトラ男爵は数日前に自決したよ。奥方と一緒にな。長男は土の神殿で苦行僧となった。サナトラ男爵には他に家族はいない」

「ここに俺がおるではないか。三男のゲイムは俺だ!」

隊長は気の毒そうにゲイムを見つめる。

「いや、そんな者はおらぬ。サナトラ男爵の遺言には息子は二人。長男は苦行僧で次男は戦死したそうだ」

「そんな……」

隊長の話を聞いて呆然と立ちつくしたゲイムを見て、他のハンター達が立ち去ろうとすると、兵士がそれを槍で押し戻す。

「そなた達はこの男の一味になる。盗賊かそれとも逆賊か？」

その言葉を聞いたハンターの一人が隊長の前に出る。

「いいか。よく聞けよ。俺達は盗賊を懲《こ》らしめているのだ。それを逆賊等とよく言えたものだ。これは父上に報告するぞ。早くそこをどけ！」

「どの父上にですかな？」

「言わずと知れた、エイムス男爵だ。国軍であれば知っておろうが！」

「エイムス男爵には、男子がいないことをお前は知らんのか！」

反対に隊長が一喝した。

「もう何も言わずともよい。お前達を逆賊として処理する。……国王より下されたお前達の刑罰は、……火刑だ。だが、最終的には剣姫様に任せるそうだ」

「剣姫様が来ずとも、我々はここを離れます故《ゆえ》……」

「お前達も会っておるではないか。お前達と同じハンターだ。銀三つのな」

「しかし、それならハンター同士の私闘。国軍に逆賊と呼ばれることはないはず」

「ところがあるのだ。お前達が奴隷と言った娘は、国王の孫姫だ。私はさっきの言葉をしかと聞いた。もはや言い逃れはできぬ」

「それは、方便に過ぎません。姫はあの男に騙されておるのです」

ゲイムはなおも食い下がる。

「お前は聞いたことはないのか。虹色真珠を持つものと、貴族が諍いを起こすならば、国王は貴族を切り捨てるという言葉を。あの男の持つ虹色真珠は本物だ。それをお前は奪われたと言ったな。持ち主が変われば虹色真珠はその光を失う」

男達が膝を折った。ようやく自分達ではどうにもできないことに気が付いたみたいだ。

「今まで、いろいろと迷惑をかけてきたようだな。これで少しはこの国が住みやすくなる」

そう言って、片手を上げると兵士達が次々と男達を縛り上げる。

「さて、申し訳ありませんが剣姫様を呼んでもらえないでしょうか。彼等の沙汰《さた》を決めねばなりません」

「それには及ばぬ。……そうじゃのう……。二度と顔を会わせることがないように頼む。それと、自分の言葉に責任を持たせよ。躾《しつけ》がなっておらぬようじゃからの」

「責任を持って措置します」

隊長はそう言うと部下に男達を連れていかせた。最後に隊長は俺に一礼をすると石畳を歩いていった。

とりあえずこれで、この件は終わったのだろうか。

尻切れトンボ的な終わり方だけど、彼等への措置が極めて残虐な物であることを知ったのは、セリウスさんに顛末《てんまつ》を話した時だった。

ゲイム達の一件から数日が過ぎたギルドでの昼下がり、甲虫の羽を張った窓際のテーブルで、俺はセリウスさんとチェスを楽しんでいた。

意外と家での男の場所ってないような気がするな。俺の場合は、「掃除するから」の言葉で姉貴とジュリーさんに家を出されたし、セリウスさんは嬢ちゃんずに双子を取られたので渋々ギルドに出向いたみたいだ。

まぁ、時々はこんな風に男同士でお茶を楽しみながらチェスの駒を動かしていたいものだ。

ビショップを動かしセリウスさんのナイトを牽制する。

セリウスさんが考え込み始めてた。

少し時間が掛かりそうなので、この間のゲイムの一件で気になることを聞いてみた。

「例の一件ですけど、王都から来た隊長が『責任を持って措置します』と言っていました。どのような措置になるのですか？　……軽くはないと思いますが少し気になります」

「……ハンターは全員死罪だ。旧領地の私兵は国外追放。領地は国王の直轄地になった。ゲイム一味はタレット刑、他のハンターは火刑になったはずだ。両方共に翌日には実施されたろう。ゲイム達はまだ生きているかもしれんが……」

「タレット刑って何ですか。火刑でも十分に厳罰だと思いますが、それ以上の刑があるんですか？」

セリウスさんはチェス盤から顔を俺の方に向けると、パイプを口にした。

「この王国、……いや他の王国でもそうだが、刑罰は再犯防止を図るために過酷なものが多い。盗賊ならば初犯は片腕切断、再犯で死ぬまでの強制労働か斬首《ざんしゅ》なのだが……。反乱は最も過酷となる。加担しただけでも火刑だ。そして首謀者ともなるとタレット刑となる。タレットはお前も見たことがあるはずだ。ジュリーからタグの巣穴の一件の詳細を聞いている。……そこでお前はタグが育てている幼虫を見たはずだ。あれがタレットだ」

「それって……。ひょっとしたら……。生きたまま食べられる……」

「そうだ。王国で飼育しているタレットの檻に両足を折って入れられる。タレットは獲物をすぐには殺さない。傷口からの出血は奴らが持つ特殊な能力で抑えることが可能だ。ゆっくりと時間をかけて食事をするのだ」

「……非人道的ですね」

「どの王国においてもそうだが、罪人に人道は適用されない。人道という考え方は、罪人でなければたとえ奴隷であっても適用させる。……ゲイムは奴隷に焼き鏝《ごて》を当てるといったそうだが、それは人道に対する罪として奴隷が主人を告発することも可能だ」

どうやら、罪に対する意識が俺達の世界と大分違うようだ。これは姉貴によく言っておかねばならない。知らず知らずに罪を犯して厳罰は嫌だ。

「……でも、場合によっては知らないうちに罪を犯した、なんてこともあると思います。それと、相手が剣を抜いて応戦して相手に傷害を与えた場合はどうなるんですか？」

「反論は可能だ。刑罰が過激であることから反論は重視される。その反論は神殿の神官により明確に虚偽判定が行われるので、知らずに厳罰が加えられることはない。それと、相手が攻撃した場合は、たとえそれが戯れであったとしても反撃は許される」

正当防衛は成り立つということだな。過剰防衛が罪になることはないみたいだ。

「ゲイムの一件でも、サナトラ男爵の私兵が知らずにやったことだと訴えた。神官殿も虚偽でないことを知った。これだけなら罪に問われることはない。しかし、神官殿の調査で過去の罪が次々に明らかになった。彼らの追放措置はそれらによるものだ」

神官がどうやって虚偽を知るのかは分らないけど、誤って罪に問われることはなさそうだ。それが分かっただけでも安心できる。

「今回の一件は、貴族のハンターにとっても良い教訓になったことだろう。ゲイムに加担した貴族の親達の発言力は低下し、自発的に所領の一部を返還する者まで現れた。残った貴族ハンターも親の笠でかばえぬものがあることを知ったわけだ。少しは王都のギルドがマシになるかも知れぬが、こればかりは期待せぬ方が良さそうだ」

そう言って、セリウスさんはルークで俺のナイトを取った。

すかさず、俺のルークでルークを取ると、ビショップで応戦する。しかし攻撃はそこまでだった。ビショップを斜め上に移動し、「チェック！」。ルークで塞ぐのをクイーンで取上げ「チェック・メイト」。セリウスさんが盤面を見てため息をつく。

「負けたか……これで、四連敗。どうする？」

「今日は、この辺で……。それより、誰も受けない依頼を探しますよ。嬢ちゃんずが騒ぎ始めそうなんで」

「依頼を、溜まったものから選ぶとは良い心がけだ。手に負えないものは俺も手伝おう」

「その時は相談に行きます」と言って、依頼掲示板に足を運ぶ。

いろいろとあるようだ。冬が終わって村が動き始めたことが依頼書の枚数からもうかがうことができる。

採取依頼が圧倒的に多いのは、山村の特徴なのだろうか。木々が芽吹いても、農家は畑仕事だから山菜取り等ができないのだろう。討伐依頼は、畑仕事の邪魔をする小動物を退治するものしかない。お馴染《なじみ》のラッピナ退治も依頼書が二枚あった。

しかし、掲示されてまだ日が浅い物ばかりで、日が経った依頼書はないみたいだ。

諦めて帰ろうとした時に、カウンターから声を掛けられた。

「アキトさん……。ひょっとして、溜まった依頼を探しにギルドに来たのですか？」

「うん。嬢ちゃんずの退屈を紛らわせようとしたんだけど、他のハンターの仕事を取るのも気が引けるから、誰も受けないような依頼を探してたんだ」

シャロンさんが、俺に向かって手をチョイチョイと動かす。カウンターに行くと、シャロンさんが「実は……」と話を始めた。

俺はすぐに、テーブルでチェス盤とニラメッコをしているセリウスさんを呼んだ。

「なるほど、イネガルの群れか。……厄介だな」

「俺は、イネガルの小さいのは殺ったことがあります。この依頼は我々で何とかできるものでしょうか？」

「俺の知っているハンターが一人廃業している。結構危険な相手なんだが、今夜お前の家を訪ねる。姫様やジュリーの意見もあるだろう。キャサリンには俺から伝えておく」

「もし、可能であれば姉さんに伝えて下さい。明日の朝、掲示板に依頼書を張り出します」

何か裏取引みたいな依頼だけどいいのかな？　後で聞いてみよう。


依頼の当てができたので、家路を急ぐことにした。そろそろ夕暮れ、嬢ちゃんずが子守から帰って来る頃だ。

「ただいま！」と扉を開くと、皆が一斉に俺を見た。俺に何を期待しているのだろうか？

いつものテーブル席に着くと、早速ジュリーさんがお茶を出してくれる。お茶のカップを持って、姉貴と一緒に俺の前に座った。

「「どうだったの」」

「うん。それが……、あるにはあるんだけど、今夜セリウスさんとキャサリンさんが来ることになったんだ。相手はイネガルの群れだ」

その言葉に真っ先に反応したのはアルトさんだった。

「イネガルの群れじゃと……。また、面白いものを探してきたの」

「イネガルは雑食ですが、凶暴です。……群れとなれば、少し考えませんといけませんね」

姉貴は図鑑でイネガルを調べ始めた。俺が倒したのは子供だったみたいだけど……。親はどんなんだ？

テーブルを回って考え込む姉貴の頭越しに図鑑を見てみる。大きさは、隣の人物像から推定すると軽自動車位ある。重さは三〇〇キロ以上はありそうだ。親になると牙が前方に飛び出るらしい。額の角と合わせると、トリケラトプスみたいにも見える。さらに動きはガトル並と書かれている。猪だって、これほど大きくはないぞ。しかも、体表の剛毛は矢を跳ね返す場合もあるなんて書いてある。確かにあの時、イネガルを持っていったら皆驚いていたからな。子供だってめったに獲ることができないみたいだ。

「イネガル単独なら、黒三つのハンターが数人いれば比較的容易に狩ることができるでしょう。でも群れとなると……」

ジュリーさんは口をつぐんだ。

夕食後のお茶を飲んでいると、セリウスさん一家とキャサリンさんがやってきた。

ミケランさんからミーアちゃんとサーシャちゃんが、一人ずつ双子を受け取って抱っこしている。アルトさんと姉貴が羨ましそうな顔で見てるけど、当人達はしらんぷりを決め込んでるぞ。

「よし、皆揃ったな。この件はギルドで依頼として受理が可能かどうかを含んでのことだ。ギルドとしても依頼を受けるハンターがいないと思われる依頼は門前払いも可能だ。俺達の技量で不可能と判断すれば、この依頼は村のギルドの掲示板に張られることなく王都のギルドに回される」

そこまで言うとセリウスさんは俺達の顔を見た。

「依頼の要件はこうだ。村の南西部畑に出没するイネガルを駆除すること。目撃されたイネガルは成獣で数頭の群れを作っている。駆除に伴う畑の破壊は黙認する。報酬はギルドよりイネガル一頭当たり100L。イネガル本体の売却益はハンターに属する……。以上だ」

皆、考え込んでしまった。俺としてもいい案が浮かんでこない。

「それほど、深刻にならずとも良いと思えるのじゃが？　まず決めることは、この依頼を受けるか否かじゃ。……農家にとってイネガルの被害はセリウスは言っておらんが深刻なはずじゃ。我は受けるべきだと思うがどうじゃろう」

「そうですね。受けることを前提に話した方がいいと思います」

姉貴が追従した。俺も含めて皆が頷く。

「私の国の言葉に『敵を知り己を知れば負けることがない』という言葉があります。まずイネガルについて知っていることをここでおさらいしましょう。私達についてはその後です」

姉貴流に解釈した孫子《そんし》の兵法なのだろうが、まぁ間違いではないだろう。

「私が知っていることは、高い所に上れない。子供でもガトル並の動きだということです」

「突進力は極めて強い。木の柵でも群れで突撃されると破壊されることがある」

「縦に群れますね。横一列にはなりません」

「雑食じゃ。ラビまで食べるぞ」

「走り出すと止まらないにゃ。後は急に曲がれないにゃ」

「走り出す前なら火を恐れます。一旦暴走すると焚き火くらいは蹴散らしますけど……」

「いろいろとあるものじゃな。初めて聞く事柄もあるぞ」

アルトさんが感心している。

「次にイネガルがどこから来るかですが、方向くらいは、分かりませんか？」

「それは、ギルドから聞いている。北西の森からだそうだ」

これで、どんな奴がどこから来るか、までは分かったことになる。

「最後に私達ですが、前衛特化のアルトさん、セリウスさんそれにアキトの三人がいます。連射はできませんが極めて命中率の高いクロスボウを使えるのは私を含めて四人います。さらに魔法攻撃が連続でできるジュリーさん、キャサリンさんがいます」

「私がいないにゃ」

ミケランさんが抗議する。確かに貴重な戦力だけど、今は双子の母親だ。万が一のことがあってからでは困る。

「ミケランも含めてくれ。双子の乳離れは済んでいる。三日程度ならキャサリンの母親に預かってもらえるだろう」

「分かりました。では、前衛となれる者は四人になります」

「次に作戦ですが……」

姉貴は紙を一枚テーブルに広げる。そしてキャサリンさんに聞きながら簡単な地図を描く。畑と畑を結ぶ農道、畑の西の荒地とそれに続く森を描いた。

「この辺りに立木はありますか？」

姉貴が畑の農道を指してキャサリンさんに聞いた。

「確か、数本の立木があります。太さは２Ｄくらいで高さは20Ｄはあったと思います。それにこの立木の近くに岩が数個ありまして、動かすことができずにその脇に農道を作ったと母から聞いたことがあります」

「なら、ここで迎撃しましょう。……後はどうやってここにイネガルを誘き寄せるかが問題です」

「餌で誘うことができると思う。奴らは雑食だがラビを好む。ラビの匂いで誘き寄せることができるのではないか？」

「ラビなぞに匂いがあるものか。ラビボールでだいぶ遊んではきたが、匂いが気になったことはないぞ」

「それは、姫様が人間だからです。イネガルは夜行性、夜は視覚よりも嗅覚が獲物を探す手がかりとなります」

姉貴は、餌をさっき描いた立木の傍に描く。

「これだと、私達が攻撃した場合に左右に逃げる可能性がありますね」

ジュリーさんが指摘する。

「こところに穴を掘るにゃ。落とし穴で捕まえられるにゃ」

「この辺に篝火《かがりび》を焚けばイネガルを誘導し易いのではないでしょうか。柵も、突進しない常態なら方向を制御できると思います」

キャサリンさんの言葉で姉貴が柵と篝火を描く。次にミケランさんの指示した辺りに細長い溝を描く。

「なるほど、作戦らしくなってきたのう。じゃが、この柵と落とし穴は時間が掛かりそうじゃ。我からの依頼として別途村人を雇うがよい」

「それはこの依頼の報酬から出すものじゃないですか。却下します。でも村人を雇うのは賛成です」

「たぶん、ギルドで用意してくれるでしょう。その分報酬は減るでしょうけど、イネガルの依頼に合わせて出すことになると思います」

キャサリンさんが、アルトさんと姉貴の会話を聞いてギルドの予想を告げた。


これでどうやら今夜の話し合いは済んだようだ。

イネガル討伐を引き受ける。それに伴って村人にも準備を依頼する。そして餌を集めてイネガルの群れを一網打尽《いちもうだじん》にする。……ちょっと待て、餌ってラビだよな。ひょっとして、ラビ集めをしなければならないのか？　姉貴は絶対にヤダ！　って言うに決まってるし、また嬢ちゃんずと一緒に山に行くのかな……。

キャサリンさんは明るい顔で帰っていったし、ミケランさんはミーアちゃんとサーシャちゃんから双子を受け取ると、セリウスさんと一緒に何も言わずに帰っていった。

ジュリーさんは明日はギルドに、なんて言ってるし、姉貴も俺を見てニコニコしている。嬢ちゃんずのきらきらと輝いた目は俺を見つめたままだ。

「アキト……」

「餌のラビだろ。……俺が嬢ちゃんずと一緒に獲ってくるよ」

そう答えるしかないじゃないか。

次の日の朝早く、すっかり雪の消えた山道を俺達は歩いている。俺は後を振り返ると、溜息をついた。何でこんなメンバーなんだかなぁ……。

俺の担いだ大きなカゴには、蓋のついた木桶が入っている。これは、獲ったラビを入れるものだけど、すぐ隣を歩くミケランさんはお弁当が入っているらしい小さなカゴを背負っている。そしてその後のアルトさんは不機嫌そうな顔でついてくる。

まぁ、ここまではいい。でも、その後の二人、ミーアちゃんとサーシャちゃんは、一人ずつミケランさんの双子を背負っている。何か近所の山に遠足っていう雰囲気なんだよな。著しくやる気が削がれるけど、姉貴達に「沢山獲ってくるよ」と言った手前、十匹くらいは最低でも欲しいところだ。こんなメンバーで獲れるんだろうか？　……少し心配になってきたぞ。

「もうこの辺のラビは出ちゃったにゃ。もう少し先に行かないとダメにゃ」

ミケランさんが近くのテルピの根元にある穴を棒でつつきながら言った。

嬢ちゃんずとテルピ採取をしてから大分経つので村近くのテルピはもう芽吹いている。山に分け入って、まだ蕾の芽を探さねばならないが、根元の穴のラビはもう出てしまったようだ。

森を抜け、潅木が山の上の方まで続いている場所に来た。

周囲が開けていることを確認して、少し大きめの潅木の傍で昼食にする。ここだと、冷たい風も来ないし、陽だまりは暖かだ。

早速焚き火を作ってスープを作る。アルトさんが黒パンサンドを炙り始めた。ミケランさんはミーアちゃん達から双子を受け取り、自分のマントを下に引いてサッサとオムツを交換している。

皆にスープを配った後で、更にスープを煮込んで具を柔らかくする。双子はもう歯が生えているけどまだまだ固いものはダメなようだ。

ここから山頂に向かって疎《まば》らに生えている潅木にテルピが交じって生えている。もう少し探して見つからない時には、別な手段を考えねばならないようだ。


昼食後は、全員が広い範囲に散らばってテルピの根元を探ることにした。

しばらくして、ミーアちゃんが大声を上げる。

「ここにいるよ！　……早く来て!!」

早速ミーアちゃんの所に皆が集まる。といっても、アルトさんとミケランさんは双子を背負っているのでゆっくり歩いてきた。

「どれどれ……うん、間違いない」

アルトさんが棒で探りを入れて確かめる。前かがみになってそんなことをするから、背中のミクちゃんが落っこちそうになってるけど、ミクちゃんは嬉しそうにミャーミャー言っている。

俺は背中からカゴを下ろすと、中からバケツくらいの桶を取り出した。

「よし、桶の蓋を開けて横に転がしておけ。ミーア、サーシャとも用意は良いな。出てきたら桶の中に転がすのじゃ」

嬢ちゃんずはアルトさんの指示で穴の中を棒でつつき始めた。やがて、シャーシャーと威嚇しながらラビボールが穴から出てくる。

そこを巧みに棒でつつきながら桶の中に誘導して、最後に桶を立てると木の蓋を被せる。アルトさんが俺を見るので、慌てて桶を紐で縛りラビ達が蓋を開けられないようにした。

「面白かったにゃ。これで、餌は手に入れたから、後は畑の穴掘りにゃ」

ミケランさんの言葉に頷くと俺達は山道を下り村への帰途についた。

村に着くと、ミケランさんの家で双子を返して我が家に向かう。カゴを扉の近くに置いて家に入ると誰もいない。

姉貴達はセリウスさん達と畑の穴掘りに出かけたんだが、結構たいへんみたいだ。でも、夕方には帰ってくるだろう。暖炉の残り火を掻きたてて粗朶《そだ》を放り込み、燃え上がったところで焚き木を積んでいく。早速、嬢ちゃんずが暖炉の前でスゴロクを始めた。

井戸から水を汲んできて、皆のボルトを研ぎなおす。イネガルの硬い毛皮とぶ厚い表皮を貫通せねばならない。子供のイネガルは姉貴のクロスボウで射殺できたが、成獣も同じようにできるとは限らない。少しでも貫通力を上げるためにはヤジリの鋭さが必要だ。

辺りが暗くなり始めた頃に、姉貴達は帰ってきた。

疲れた表情でテーブルに着いた姉貴とジュリーさんにお茶を出してあげる。

「どうでした？　……こっちは何とかできましたけど」

「村の人が頑張ってくれて何とか作り上げましたよ。……でもあの溝の構造は初めて見る形です。単に溝を掘るのではなく、楔《くさび》形に仕上げるとは……。でも、あれだと、一旦溝に嵌《は》まれば身動きができませんから理想的ですね」

「アキトも頑張ったみたいだね。いよいよ明日から始められるわよ。それでね、さっきギルドで解散したんだけど、今回の件で協力したいってハンターが出てきたの。セリウスさんは彼らなら問題ないって言うんでOKしたんだけど、アキトがいない時に決めちゃってごめんなさい」

姉貴は俺に頭を下げた。そういえば、俺達「ヨイマチ」のリーダーって俺だったような気がするぞ。まあ、セリウスさんがそう言うなら俺がいてもOKする。

「良いんじゃないかな。俺達だってまだイネガルの成獣とは戦ってないし、どれくらいの強さかは分かっていない。戦力はあればあるほど助かると思うよ」

「ありがと」姉貴はそう言うと、ジュリーさんと一緒に夕食を作り始めた。

次の朝早く簡単に朝食を済ませると早速ギルドに皆で出かける。

まだ朝晩は冷え込むので基本は冬支度だ。そして、扉の近くに置いておいたカゴを背負って通りを歩いていく。途中で姉貴とジュリーさんが宿屋に立ち寄る。皆のお弁当を購入するようだ。俺と嬢ちゃんずは先を急ぐ。

ギルドの扉を開くと、セリウスさん達と一緒に三人のハンターがいる。どこかで見たことがある人達だと思って、近づくとその背中の大きな剣で思い出した。

「今回は一緒にやらせてくれ。イネガルの群れでは俺達でも手に余る。それを受けたお前達の仕事を真近で見てみたいのだ。もちろんお前達の采配には従う」

「ありがとうございます。戦力は多いほど助かります」

互いに手を握ると狩猟解禁の時を思い出した。確か、アンドレイさんだ。

「私はカルミアにゃ。ネコ族だけど弓を使うにゃ」

ネコ族の女の人って言葉遣いは皆こうなのだろうかと考えながらも握手をする。

「私は、ジャラムといいます。風と水の魔法で援護できますよ」

アンドレイさん達と俺達が自己紹介をしていると姉貴達がギルドに現れた。

姉貴はホールを見渡すと俺達が全員いることを確認する。

「皆揃ってますね。お弁当も手に入れたんで、出発しま～す！」

ギルドを出て俺達一行はぞろぞろと通りを歩いていく。

何といっても総勢十二名。セリウスさんが担いでいるカゴの中に入った双子を入れると十四名になる。ちょっとした軍隊みたいに見えなくもない。

通りの途中にある三叉路を南に折れて、小さな門を出ると畑が広がっている。南に続く道をトコトコと歩いていく。

先頭を歩く姉貴は能天気に嬢ちゃんずと一緒に「ずいずいずっころばし……」って歌いながら歩いているけど、あの曲では少し歩きづらい気もする。アルトさんが「これは何の歌じゃ?」って聞いた時に、「戦闘時の士気を高める歌です」なんて言うもんだから、ずっと歌い続けている。嬢ちゃんずの士気は上がっているようだけど、後の八名はそんなことはないようだ。アンドレイさん達はあきれ顔をしている。

「セリウスよ。お前の仲間を悪く言うつもりはないが……。いつもこうなのか?」

「まぁ、似たようなものだが、お前の心配は無用だ。人狼でさえ倒している」

背中のカゴから外を見ている双子を見てげんなりしていたアンドレイさんは、セリウスさんの最後の言葉に唖然とした。

「本当にやったのか?」

「ああ、魔法と爆裂球での足止め、四方向からの矢、そして俺とミケランの一撃、止《とど》めは後にいるアキトが刺した」

「やる時はやるのか……でも普段はあれか」

それにしても……。という目で姉貴達を見ている。

農道の十字路を西に折れて進む。すぐに数本の立木と岩、それに畑の向こうに広がる森が見えてきた。

更に近づくと、杭で作った柵や深い溝も見えてきた。遠くには篝火用の焚き木も積まれている。なるほど姉貴が遅く帰ってきたわけだ。結構な作業量になったのだろう。


立木の傍は岩と数メートルの距離があり、ちょっとした休憩所のようだ。真ん中に焚き火の跡があるのでここで野宿もできそうだ。

岩も手ごろな大きさだ。二メートルくらいの高さの二つの岩が寄り添うように立っている。四人くらいは余裕で登れそうだ。これなら、ジュリーさん達が魔法攻撃する場所として申し分ない。

狩り場に着いたところで、まずは昼食だ。焚き火を作ると少し早い昼食を準備する。ポットにお湯を沸かし、ミケランさんは小さな鍋でパン粥《がゆ》を造り始めた。

黒パンサンドの食事を終えて、お茶を飲みながらのんびりとパイプを煙《くゆ》らせながらアンドレイさんはセリウスさんと話をしている。

「しかし、こんな大それた準備をお前達はいつもしているのか？」

「昔からは、考えられぬか……。俺もそうだ。だが、俺はアキト達と幾つか仕事をして分かったことが一つある。狩りや討伐は戦いの前に終わっているのだ。作戦と準備がいかに大事か良く分かった。戦いは確認行為でしかないのでは、と思う時がある」

「それほどの戦上手なのか。流石は剣姫と言うだけのことはある」

「いや、今までの全ての作戦は、岩の上で辺りを見ているミズキの考えだ。昨年の狩猟解禁一日であれだけの獲物もそうだし、人狼討伐もそうだ。敵の戦力を分析しこちらの適正に応じて実に良く人を配置する。そして、その配置に敵をおびき寄せれば勝てない訳がない」

ヒューっとアンドレイさんが口笛を吹く。

「そしてもう一人。そこにいるアキトは、見たこともないほど大きな灰色ガトルと組討して仕留め、グライザムを殺す力を持っている」

アンドレイさんが俺を見ているけど、俺は苦笑いを浮かべるだけだ。

そんなところに姉貴が岩から下りてきた。簡単な作戦図を取り出して話しかけてきた。

「休んでるところをすみませんが、ここと、ここに地雷を仕掛けてくれませんか」

「地雷とは？」

「お前は知らなかったな。爆裂球を利用した仕掛けだ。俺達の作業を見れば納得するだろう。お前も来い！」

俺達は姉貴の指示する場所、森の近くと柵の近くに爆裂球を仕掛けに出かけた。杭を低く打って紐で爆裂球を縛り、別な杭に結んだ紐に起爆用の紐を結びつける。

「なるほど、相手がこの紐を足に引っ掛けると爆発するのだな」

「そうだ。簡単な仕掛けだが極めて効果的だ」

仕掛け終わって帰ってくると、岩の手前五十メートルくらいの場所に穴が掘ってある。その中に俺がカゴに入れて運んできた木桶が置かれていた。

餌をここに仕掛けたわけだ。たぶん中のラビはウニョウニョと蠢《うごめ》いているに違いない。

「さて、準備完了ですね。……最終配置を発表します」

準備が終わって、皆でお茶を飲んでいると姉貴が立ち上がって俺達に告げた。

「岩の上には、私とジュリーさん、キャサリンさんにジャラムさんの四人です。立木の上には、森に近い立木にミーアちゃんとカルミアさん。岩に近い立木にアルトさんとサーシャちゃんです。岩の前はアキトにセリウスさん、それにアンドレイさんの三人です。ミケランさんはキャサリンさん達の手前の岩の上です。万が一にも岩から落ちた場合は救助してあげてください。後は、ミクちゃんとミトちゃんですが、カゴに入れてミーアちゃんに託します。カゴごと枝に吊るして幹に縛っておけば落ちることはありません。さて、質問はありますか?」

質問等ない。後はイネガルを狩るだけだ。

少し早めの夕食を取る。イネガルの活動は夜だ。その前に自分達の配置場所に着く必要がある。

食事が終わると、嬢ちゃんずは立木に登り始める。張り出した枝にロープを張り落ちないように自分の腰のベルトに縛っているのが見える。ミーアちゃんの隣にはたっぷり食事を与えた双子をカゴに入れて持ち上げてある。たぶんすぐに眠るだろう。枝先にはカルミアさんがしっかりと腰を落ち着けていた。

姉貴達は岩の上に移動して森を睨んでいるし、俺達は岩の前で小さな焚き火を作りセリウスさん達はパイプを楽しんでいる。

イネガルが森を出れば、すぐに地雷で接近を検知できる。まだ夜の始まり、さてイネガルがラビの匂いでこちらに来るのは、後どのぐらいだろうか。

今夜は半月だ。双子みたいな月が辺りを照らしているおかげで、ぼんやりとだがここからでも森が黒く見える。俺達が背にする岩の北側に横幅二メートルほどの道が西に向かって伸びている。岩の周辺は草原なんだろうけど、まだそれほど伸びてはいない。足を取られることはないだろう。畑には森に向かって西北に開いた形で低い柵が伸びている。その内側は溝が掘ってあるから近づくのは危険だ。

俺達がイネガルと戦うのは、やはりこの岩の周辺だけになる。

「まだ、来ないのか……」

アンドレイさんの前には、刃渡り一・二メートルはありそうな長剣が地面に突き立ててある。

その長剣をぼんやりと見つめながら呟いた。

「……待つのは、相変わらず苦手のようだな。森から出ればミーア達が知らせてくれる。更に近づけば地雷が炸裂する。餌に近づけばミーア達が攻撃するし、俺達に気付けば岩の上から魔法が放たれる。……その後が俺達の仕事だ」

そんな会話をしていると、畑に設けた篝火が次々と燃え上がる。かなり乱雑に設置しているようだが柵の中には一つもない。しばらくするとミケランさんが走ってきた。どうやら焚き火の点火を任されたようだ。

「終わったにゃ」「ご苦労様」の声が岩の上から聞こえてきた。

「……まだか？」

アンドレイさんが独り言のように呟いた時だった。

ピィー……っと、笛の音がする。

皆の目が一斉に笛の聞こえた方に向けられる。ミーアちゃんが枝の上で森の方角を指差していた。

どうやら、狩りの時間が始まるみたいだ。セリウスさんが飲みかけのお茶を焚き火に掛けて火を消した。ゆっくりと俺達は立ち上がる。

「獲物は七頭。……森から少しずつこちらに近づいています。アキト、急いで桶の蓋を外してきて！」

双眼鏡で状況を姉貴が伝えてきた。俺は岩の周辺に張られたロープに足を取られないように注意しながら、大急ぎで桶の所に行くとグルカで蓋を叩き割ってきた。

「更に近づいてきます。どうやら目論《もくろ》みどおりに柵の内側に獲物は入りました」

俺達にも黒い固まりとしてイネガルの姿を捉えることができた。イネガルの巨体がだんだんと俺達に近づいてくる。

セリウスさんはゆっくりと背中の片手剣を抜いて手に持った。同じ動作を繰り返して、もう片方の手にも片手剣を持つ。俺は、腰からM29を抜取り、ハンマーを起こす。アンドレイさんが俺の持つ武器を訝しげに見ているがすぐに分かることだ。

イネガルとの距離は一〇〇メートルを切った。まだ俺達を敵と認識していないのか、ゆっくりと近づいてくる。

イネガル達がラビがいる穴を取り囲んだ時だ。

ドドオォォン……と、【メル】、【メルト】、【シュトロー】がイネガルを襲う。と同時にイネガルの足元にボルトと矢が突き立つ。……何本かはイネガルの足を貫通したようだ。

ピギュゥゥー!!　というかん高い叫びが聞こえ、イネガルは辺りを首を動かしながら辺りを探っている。

俺達を見つけた途端に首が据《す》わり、たちまち全速力で駆け出したが、ロープに足を取られて転倒する。そこに再度、魔法とボルトが襲い掛かる。

足を貫かれ、腹を焼かれても、闘争本能に高ぶったイネガルに効果は薄いようだ。体を立て直すと俺達に突っ込んでくる。

バシ！　先頭を走るイネガルの眉間にボルトが突き立つ。完全に脳まで破壊されたはずだが、それでも突っ込んできて俺達の数メートル前で転倒した。

ドオォン！　続いて走ってくるイネガルの頭を狙って銃を発射する。イネガルの動きで僅かに逸れて首に弾丸は当たったが貫通はしていない。横に跳ねるようにイネガルの突進を回避すると、俺に向き直ったイネガルの隙をついてアンドレイさんの長剣が奴の頭に振り下ろされた。ガツン！という音が大きく聞こえるとその場にイネガルは転倒する。

残ったイネガルに向けて魔法が放たれる。【メルト】は群れの後方に、【メル】と【シュトロー】は奴らの足に向かって放たれた。

立ち尽くすイネガルにボルトが襲う。また何本かが足を貫通し、横腹にも矢が突き立つ。

ピギュゥゥー、ピギュゥゥー!!

残った五匹がけたたましく泣き叫ぶ。一匹が群れを離れて逃亡を図るが、柵の手前に設けた溝に嵌まって動けなくなった。

残り四匹が一斉に俺達に向かってくる。先頭の奴に俺はゆっくりと銃を構えてトリガーを引くと、発射された銃弾は眉間を僅かに逸れて口内に吸い込まれていった。銃弾を受けて顔面を血に染めながらも俺に向かってくる。俺が体を捻りながら避けると、そのまま突進してズン！という音を立てて岩に衝突した。キャサリンさん達が岩の上で慌てている。結構な衝撃だったようだ。

銃のハンマーを起こし、残りのイネガルを見る。数メートルまで突進してきているイネガルの顔面に銃弾を撃ち込むと、体を投げ出すようにして突進を回避する。

立ち上がって周りを見ると、立っているイネガルはもういなかった。ピギュゥゥー！と溝に嵌まって騒いでいるイネガルの頭部に銃弾を打ち込み静かにさせる。

見渡すとセリウスさんとアンドレイさんが、イネガルの死亡を一匹ずつ確認していた。

岩の上から姉貴が下りてくると、ラビの桶が置いてある穴に爆裂球を投げ込んだ。……ラビも用済みみたいだ。

「ご苦労様。とりあえず殲滅したみたいだけど、用心して岩の上で見張る必要があるわ。今はミケランさんが見てるから、双子を下ろしたら替わってあげてね」

姉貴はそう俺に告げると、嬢ちゃんず達を下ろす手伝いに行った。俺は岩の上に登って、ミケランさんと見張りを交替する。

イネガル七匹を退治するのに三十分も掛けていない。俺一人で、いや姉貴と一緒でもこんなに短時間で始末することはできなかったろう。やはり、ハンターにとって協力は大事なんだな。


「代わります」

しばらく岩の上で見張っていると、ジャラムさんが俺に声を掛けてくれた。後はよろしくと彼に引継いで、皆の集まっている焚き火の所に行く。立木の傍にシートで小さなテントを張って、双子と嬢ちゃんずはお休み中のようだ。

「戻ったな。……次の群れが来ないとも限らん。俺達で見張りを交替しながら夜を明かす」

「いいですよ。何か眠れませんし」

「まだ、興奮が冷めないのか？　ははは……それはまだ若いからだ。相手が強ければ強いほど終わった後でも興奮が冷めずに眠れない。俺にもそんな時代があった。そんな時は酒を飲む。これがまた美味い」

そう言って俺にカップを差し出す。

受け取って飲んでみると……。口当たりが良く甘く感じる酒だ。

「蜂蜜酒よ。そのままだと甘すぎるからお湯で割って飲むの」

不思議そうな目でカップを見ている俺に、カルミアさんが教えてくれた。

「それにしても不思議な弓よね。子供達が持つには過ぎたものだとしか言えないけど、あの命中率は反則だわ」

「そして、あの威力だ。……イネガルの頭骸骨を砕いてるぞ。あんな物が量産されたら俺達は廃業だ。……待てよ。確かお前もとんでもない武器を使ってたな。ドォンと音がしてやはりイネガルの頭部に穴を開けていた」

「俺と、姉貴の武器は忘れてください。変わった魔道具だと思ってもいいですけど。どちらも量産はできません。嬢ちゃんずが使っている弓、クロスボウと言ってますけど、姉貴の複製です。宮廷職人だけがどうにか作れるくらいの精巧なカラクリです」

「だが、変わった武器を使うだけがお前達の姿ではないことは理解した。正直な話、怪我は止むを得ないと思っていたのだ。イネガルの群れだぞ、こんな依頼はどのハンターも願い下げだ。……だが、誰も怪我もせずに群れを倒した。何故できたかも分かった。たった半時にも満たないイネガルとの戦いに二日ほどかけて罠を仕掛ける。この入念な準備がお前達の本質なんだ」

「小さい子供を預かってますからね。無理はできません」

俺は、ハンターらしくないことをその言葉でまとめてみた。

「確かに無理はしていない。無理する必要もないようだ。……早く銀に上がっていけ。お前達が指揮するなら魔物の襲来でも命を落とす者もいないに違いない」

アンドレイさんはそう言うと焚き火の傍から立ち上がった。見張りを交替するつもりなんだろう。

8話

The 8th STORY

Under the Yggdrasill tree

残された家族

イネガルの群れを狩った数日後、ギルドに行くとセリウスさんとアンドレイさんがテーブルでチェスをしていた。

依頼掲示板に行こうとしたら、セリウスさんに呼び止められた。

「丁度いい。この間の報酬を渡しておく」

そう言うと俺に９９０Ｌを差し出した。銀貨九枚と大銅貨九枚だ。

何でも、イネガルの皮と肉、それに角で一匹あたり１２０Ｌで売れたとか言っていた。

20Ｌずつ協力してくれた村人の謝礼を抜いた分配金、ということなので俺には特に問題はない。

「それでは、失礼します」と二人に挨拶して、掲示板の依頼書を眺め始めた。

採取関係は一段落したみたいだ。薬草採取があるがまだ掲示されて日が浅い。討伐関係は……、何故かラッピナ狩りがある。しかも掲示されて八日も経つのにまだここにあるということは、これを受けるハンターがいないということだ。

依頼内容は……、畑を荒らすラッピナを退治して欲しいとある。報酬は一匹５Ｌ……。なるほど、低額すぎるんだ。普通なら15~20くらいだもんな。でも肉屋に売れば15Lで売れるはずだ。なら問題はないと思うんだけどね。迷った時は人に聞く！　早速カウンターのシャロンさんに聞いてみた。

「ああ、その依頼ですね。確かに依頼者は一匹について5Lを出すと言っています。肉は必要ないと言っていますが、目標が十匹以上……罠で獲れるのは精々数匹です。ですから皆敬遠してしまって……」

なるほど、罠で獲れる数は知れてるからね。

「では、俺達が受けてもいいですか。嬢ちゃんずなら三人がかりで狩りができますから何とかなると思いますよ」

「お願いします。後三日もすれば下の町に依頼書を送らなくてはなりません。村のギルドの資質が問われるんです」

そんな訳でラッピナ狩りの依頼書を持って帰ってきたのだが……

テーブルでチェスを楽しんでいた姉貴達はあまり乗り気ではない。

「ちょっと遅かったかな。キャサリンさんと約束で山に薬草を取りに行かなくちゃならないのよ。ジュリーさんも一緒にね」

「なら、俺と、嬢ちゃんずで行ってくるよ」

「それも、ダメなのよ。庭にバーベキュー用の炉をアキトに作ってもらおうと思って、石材を購入したの。それが昼頃に届くから、家を留守にはできないわ」

そんな話は聞いてないけど、今それを言っても解決にはならない。それにバーベキュー用の炉なら確かに欲しい。

「何の問題もなかろうに。我が二人を引率して狩ってこようぞ」

その声に俺達が暖炉の方を見ると、スゴロクの熱戦を繰り広げていたアルトさんがいた。

「確かに、アルトさんは銀三つですけど……」

でも一目見ただけでは誰もそうは思わないぞ。女の子が女の子に連れられて狩りをするって、何か問題がありそうな気がしないでもない。

「任せるのじゃ。早めに昼食を食べて我らで狩りをしてくる。……ということで、これはチャラとする。皆、準備をするのじゃ」

そう言ってアルトさんは立上がり、嬢ちゃんずの部屋に行った。「ずるい……」ってサーシャちゃんが言ってるところを見ると、アルトさんの形勢はかなり不利だったようだな。

そんなことがあって、少し早い昼食をとり、嬢ちゃんずはクロスボウとカゴを背負って出かけていった。

それを扉で姉貴達は見送っていたが、かなり心配そうな顔をしている。ジュリーさんまで同じ顔をしているところを見ると、アルトさんって日頃どんな行動をしていたのか俺も心配になる。でも、かわいい子には旅をさせろっていうことだし、何かあれば銀三つの実力で何とかなるだろう。

少し経ってキャサリンさんが訪ねてきた。早速、姉貴達は山に薬草を採りに出かけるようだ。

「後はお願いします。なるべく風下《かざしも》に作ってね」

届いたらすぐに作らねばならないようだ。漆喰なんかも一緒に頼んだんだろうか。まぁ、材料を確認してから考えよう。

材料が届いたのは昼を過ぎてからだった。数人の村人が拳二個分くらいの石を一輪車に積んで運んできてくれた。だが、石を積み上げるための漆喰はなかった。

急いで雑貨屋に行き、漆喰を購入すると一輪車を借りて庭先に運ぶ。使い方を雑貨屋の女の子に聞いたら、粉を水で練ればいいと言っていた。簡易セメントみたいに使えるようだ。

さて、庭の石畳を見渡して場所を決める。湖を渡ってくる風が多いと村人が言っていたから、南側に作ればいいのだが、南側には林がある。

散々迷った末に東南の角地に作ることにした。庭の擁壁から一メートルほど離せば湖に落ちることもないだろう。

桶に水を汲み、大きい桶で漆喰を練る。そして、炉の外周を石を並べて形づくる。

一メートル四方に囲ったところで凹型になるように漆喰で固定する。石の上面にも漆喰を塗って次の石を積み上げる。後はそれを繰り返すだけだ。

夕方近くになって腰の高さほどに積み上げた。今日はここで終了だ。上面構造については姉貴達の好みもあるだろうから確認しておく必要がある。

道具を片付けていると、嬢ちゃんずが狩りから戻ってきた。ちょっと沈んだ顔をしているし、いつものような覇気もない。庭の外れにいる俺にも気が付いていないようで、とぼとぼと家の中に消えていった。

怪我はしていないようだけど、狩に失敗したのだろうか？　ちょっと気になる。俺がそんなことを考えていると、姉貴達も戻ってきた。早速駆け寄って、嬢ちゃんずの様子を話してあげた。

「……そうですか。何があったのでしょうね。狩りの失敗ではないと思いますよ。三人共にというところが気になりますね」

「とりあえず、家に入って聞いてみましょう。アルトさん達と一緒に行動した訳ではないから聞くしかないと思うよ」

そんな訳で家に入ると、三人ともスゴロクもせずに大人しく暖炉の前に座ってる。

俺達はテーブルに着くと、アルトさんを呼んで訳を聞いてみた。アルトさんは小さな声で、経緯を話し始めた。

「……ラッピナ狩りは成功じゃった。三人で四匹ずつ仕留めてギルドに行ったのじゃが、その報酬が、一匹５Ｌで十匹までしか出せんと言われた。理由を聞くと依頼主の準備金が50Ｌということだ。ここまではよくある話で驚きもせんが、シャロンができれば報酬を辞退してもらえないかということ。訳を聞くとじゃな。……今年の冬に灰色ガトルに襲われ亡くなった男の家からの依頼だったのじゃ。元々畑が小さく、狩猟期の荷役と冬の猟が収入の大半を占めていたらしく、今回の依頼金もその男の残した全額に近いものじゃったらしい」

「働き手が亡くなったら、どうなるのですか？」

姉貴が聞いてみた。少なくとも生活保護くらいはあると思うんだけど……。

「残された者達でやっていく外《ほか》はない。村人の生活はぎりぎりなのじゃ。他を助ける余裕はない。

町や王都には神殿が経営する救護院があるが……、そこでの生活も苦しいものじゃ」

「狩ったラッピナを生活の足しにさせようと、依頼主の家に三人で行ったのだが、サーシャより小さな子供を筆頭に三人の子供が火の気もない暖炉の傍で震えておった。よく今まで生活できたものじゃ。……畑を耕すとは言っていたが、作物を取り入れるまでの生活を考えるとな。ラッピナは全部置いてきたが、それでも二か月ほどの食事で消えるじゃろう。その後を考えるとな……」

なるほど、貧困の現在進行形を三人で見てきた訳だ。アルトさんがしてきたことは、親切心だからだろうけど、それすら根本的な解決にはなっていない。ここで暮らすんだから、こんな村人の現状もおいおい分かるんだろうけど……、アルトさんとサーシャちゃんには堪《こた》えたろうな。ミーアちゃんは奴隷並みに扱われた過去があるから、昔の自分を思い出したのかもしれない。

貧しさをなくすのは為政者の仕事だろうけど、全ての貧困をなくすには難しい問題もあるに違いない。狩猟期の商人、ハンター、村人の関係を知った時は、よく思いついたものだと感心した。あれも、貧しい山村の生活を楽にしようと考えた末の政策のような気がする。でも、それに参入できない者は、極小額の冬越し金が渡されるだけだ。

他にも何か村人が参加する産業……、できれば特産物を作れればいいのだが。

「サーシャちゃんには衝撃だったでしょうね。でも、この王国の現状として受け止めるしかないと思う。何か良い手立てを皆で考えましょう」

姉貴がアルトさんに言い聞かせると、ジュリーさんも頷いた。

「俺からもいいかな。……山村は元々貧しい暮らしだ。それを少しでもマシにしようと狩猟期があるんだと思う。でも、それだけでは足りないということが分かった訳だから、それ以外の新たな村人が豊かになる方法を考えればいいと思うよ。……何か特産品を作ればいいと思うんだけどね」

俺の言葉を聞くと、アルトさんの目が輝いた。

「特産品か！　……なるほど、他の町や村で作れないものを作り、それで村に利益を還元するのじゃな。ふむ、良いかも知れぬ。……ところで何を作るのじゃ？」

「それを皆で考えるのよ。いろんな中から選べばいいわ」

皆で簡素な夕食を頂いた後に、お茶を飲みながらこの村の特産物を皆で話し合う。

そんなブレーンストーミングで出たアイデアとは？

「ラッピナを養殖するのはどうじゃ」

「チラの串焼き！」

「トレッキングのガイド」

「メイドの養成」

「ステーキの養殖」……。

まぁ、いろいろとあるようだが安定供給と利益を考えると、ちょっとね。

これから長くこの村で暮らすんだから、いろいろと考えてみよう。上手くいけば他の村でも応用ができるんじゃないかな。それに、そんな考えに賛同してくれる仲間もいるのがうれしくもある。

きっといい方法が浮かぶんじゃないかな。

エピローグ

epilogue

ネウサナトラム村の暮らし……。

別荘は想像以上に立派なものだし、山々には新たな獲物が待っていた。

そんな俺達に新たな仲間が増えて、俺達に狩りを教えてくれたミケランさんはセリウスさんと暮し始め、双子のお母さんになった。

村の一大イベントである狩猟期はハンターの祭典だ。姉貴の作戦で、たった一日の狩りで一番になれたけど、グライザムはしばらく願い下げだな。灰色ガトルに人狼と山の狩りは命がけだ。それでも何とか狩れたのは、皆で協力できたからだと思う。平地以上に山の狩りにはハンター同士の絆が必要なようだ。

でも、別荘の庭で釣りができるのは嬉しい限りだ。俺にとっては理想的な環境だと思えるな。冬には穴釣りが楽しめるし、今作っているカヌーができたら湖でトローリングが楽しめるだろう。

なかなかに楽しい暮らしだと思っていたけど、貴族というのはどうしようもない連中だな。それに、村の暮らしも厳しいところがある。俺達だって裕福ではないけど、なんとか皆で幸せに暮らしたいな。

ささやかな幸せは、ミーアちゃんの言う「小さくても明るくて暖かい家」が一つの目標になるのかな……。

この世界の暮らしは農耕社会になるのだろう。世界史の先生が言っていた中世に近い社会に近いような気がする。鉄製の武器は作られているが、暮らしの道具は銅や真鍮製が一般的だ。ようやく鉄の鋳物が製造されているようだけど、鋼の製造はまだ十分ではないようだ。

村人の生活を向上させるには、狩猟期以外に取り柄のないこの村に産業というか、特産物を作ればいいのかもしれない。


「特産物はアキト達に一時任せるのじゃ。我らはあの家族をとりあえず何とかしたいと思うておる」

暖炉の前で相談しているアルトさん達の声が聞こえてくる。長期的と短期的に、この件を考えているのだろうか?

「姫様は昔から、困っている人を見て見ぬふりができないのです。さすがは王族ですね」

「そうね。それも大事なことよ。きっといい方法を見つけてくれるわよ」

姉貴は楽観的だな。だが、かなり根の深い話なんだぞ。この国に生活保護の概念はなさそうだ。

教会が支援しているようだが、それは王都や町での話なんだろう。マケトママム村や、ネウサナトラム村には教会すらないんだからな。

何かを作るにしたって、俺達の知識がどれだけ役立つかは分からない。せめて十八世紀並みの技術が欲しいところだ。この世界は中世前期ってとこだからな。まだルネッサンスが始まらないらしい。

「アキト。やってはいけないことは分かってるわね」

「ああ、武器は考えないようにする……」

姉貴の呟きに小さな声で答えた。火薬を作るのは俺も考えたけど、そんなことをしたら戦乱の世になりそうだ。となると……、悩みは尽きないな。でも皆で考えればきっと何か思いつくだろう。

ミーアちゃん達だって、真剣に三人で相談してるみたいだしね。

あとがき

お待たせしました。「ユグドラシルの樹の下で」第2巻です。

ネウサナトラム村を中心に、アキト達のハンター生活が始まります。

あなたは、ギルドの片隅にあるテーブルでお茶を飲みながら、アキト達の活躍を見守ることができましたか？


「嬢ちゃん達じゃ、危ないから俺が一緒に行ってやるぞ！」

アルトさん達にそれくらいは言わないと、あなたのハンターとしての資質が問われますよ。

「ありがたい話じゃが、これくらいは我らで可能じゃ。心配には及ばんぞ！」

そんな言葉を残してあなたの前を去っていくアルトさん達は、内心ではあなたに感謝しているはずです。


あなたの行動を微笑みながら見てる仲間達の中に戻って、温かいお茶を飲み始めた時、あなたの肩を叩いたのは、友人でしょうか？　それとも、この物語の中のハンターの誰かでしょうか？

「振られたのは何回目だ？　そろそろ俺達も出掛けるぞ！」

そんな言葉をあなたに告げる友人達に頷いたら、掲示板に行きましょう。この季節のギルドにはたくさんの依頼書が貼られているはずです。

そんな依頼書を眺めながら今日の獲物を友人達と決めましょう。ちゃんと話し合って決めてください。その選択が友人を危険にさらすこともあるんですから。

依頼書が薬草なら、キャサリンさんに相談しましょう。狩りなら、もうすぐやってくるセリウスさんがいいでしょう。ミケランさんは……、ちょっと不安です。

狩りを終えてギルドに戻れば、カウンターのシャロンさんが笑顔で迎えてくれるはずです。たとえサフロン草が十本だったとしても、それがあなたのハンターレベルに見合ったものであれば、ハンターは誰もあなたを見下すことはありません。

「サフロン草なら、あの斜面にたくさん生えてたぞ！」

そんな貴重な情報を教えてくれたハンターには、ちゃんとお礼を言いましょう。

友人と報酬を分けあえば、今日の狩りは終了です。テーブルを囲んだ友人達が一人ずつ数を減らしていきます。そろそろ現実世界に戻る時間なのかもしれません。

ｂｙ　ｐａｉちゃん

2巻
おめでとう
ございます!
日々サヴァイバーなアキト達の
ハンター生活の中では中々
見えないほっこりしたシーン
が多くて描いていて
楽しかったです
1巻に引き続きイラスト
を担当させていただき
ありがとうございまし
七語つき
Special
Thanks♡
上田さん内藤
宝島社の
皆様

paiちゃん

制御設備等の設計や管理を長く続けてきましたが、現在は安全性を検討するような仕事をしています。固い仕事の反動もあり、こんな話を書くのは結構楽しくて時間を忘れそうです。たまに会社での言動をそのまま書いてるようなところがありますけど、それは私の安全にかかわる考え方ですからご容赦願います。

イラスト 七語つきみ（しちご つきみ）

京都に住むはんなり大学生です。課題⇒バイト⇒フリーのお絵かき三昧。ゴールデンループな生活で毎日が過ぎてゆきます。これからもまったり創作していられたらと思う毎日です。好きなモチーフは動物そして男の子。

イラストサイト:http://theprince.strikingly.com/

Twitter:@shichigo7

※本書は、「小説家になろう」(http://syosetu.com/)に掲載されていたものを、加筆改稿のうえ書籍化したものです。
※この物語はフィクションです。実在する人物、国家等とは一切関係ありません。

ユグドラシルの樹の下で 2

（ゆぐどらしるのきのしたで2）

2015年1月24日 第1刷発行

著者 paiちゃん

発行人 蓮見清一
発行所 株式会社 宝島社
〒102-8388 東京都千代田区一番町25番地
電話:営業03(3234)4621／編集03(3239)0599
http://tkj.jp
振替:00170-1-170829 (株)宝島社

印刷・製本 サンケイ総合印刷株式会社

乱丁・落丁本はお取り替えいたします。

ISBN978-4-8002-3568-8